优雅是一种选择

——听徐俐讲美丽的故事

徐俐 著

漓江出版社

努力，女人的一种使命

红霞在我的《女人是一种态度》一书的编者按中写道：这是作者的第一部随笔集……当时我便愕然：难道我还会写第二部不成？红霞笑了：同我合作的作者很少只写一部书。她笑得很智慧，也很坚定。

红霞并不着急，只是在她认为我可能不那么忙的时候，偶尔提提这个话题。红霞期待的第二部书，是她认为已经落实在我身上的一些女人心得，既然被我实践过，一定就有我的道理。我虽然应着，却从不曾排上议事日程，因为对自己的女人心得，我已经在第一本书中多有涉及，剩下的部分也没有那么强烈的表达愿望；何况我是个新闻人，新闻人写女性魅力读物难免有附会之嫌。

红霞还是那句话：写吧，写出来与大家分享。

也许，《女人是一种态度》这个书名，决定了红霞让我再次动笔。作为一位"态度女士"，我确实十分看重女人活在这世上的所有姿态。这个姿态不是臆想的某种造型，而是人生的一种选择，选择一种方向，使自己朝着那个方向明确地走去。

我一直在想这本小书的读者会是谁，他们为什么会读这本书。我想读者应该都是同我一样，对人生的美好有许多的向往，对自身的美丽有许多的追求，对社会的公平有许多的期待，对自身的责任有许多的担当，是一些认认真真、美美丽丽活着的人们。那么，让我们一起沉下心来，一起来体会女人究竟以一种怎样的心态，掌握怎样的技巧，让自己活得更加美丽，更加美好，愉悦自己，鼓舞他人。

　　这不是一本教材，仅是一些体会。没有系统的阐述，只有偶尔想起来的点点滴滴。这是一本想到哪写到哪的小册子，偶尔形而上，更多形而下，读完之后，大致可以勾勒出一个美丽女性的基本形象，那个形象不是我，而是我们共同期待的我们大家中的每一个人。

　　共同分享，共同努力吧。

也许，有些读者会认为我的审美倾向于保守，或者好听些的说法是倾向于古典；或许我内心一直有一个与古典结伴而行的优雅期待，这个期待注定了我一生的审美取向。

至少我认为女性的终极美丽应该还是优雅，优雅与先天是否漂亮无关；优雅是一种修养，是一种审美选择，想象着当世间游走的优雅女士批量出现的时候，身边的男人也必将更加绅士起来。而我们是那样期待绅士的出现，期待世界的和谐与美好。

这陷入了一个朴素真理的轮回：与其期待，不如从我做起，从现在做起。

我们可以冲破所有的条条框框，可以流行，可以前卫，可以惊世骇俗。当我们被层出不穷的想法左右的时候，我们可以有一千张面孔；但最终我们仍然必须为自己选择一张最耐看、最好看的面孔。那是一张怎样的脸？没有比优雅更耐人寻味了，被岁月所洗礼，被高尚品位所浸养的优雅。

自然，自律，自信，真诚，有责任感，有担当，行为优雅从容，心地质朴善良，懂得节俭，乐于付出，拥有作为自己的行动和人生态度之核心的信念，这是优雅女性必不可少的内在品格；当我们在穿衣戴帽、琴棋书画等技术层面不断打磨自己的时候，我们其实也是在自己的内心注入着一个信念：让自己成为被多数人肯定和赞赏的美好女性，最终被自己所赞赏和肯定。

　　让我们共同努力吧。

目 录

第一部分

一种可触的美好

一种可触的美好

那一只优雅的天鹅
——伸展你的脖子

2008 年北京奥运会上中国礼仪小姐的高雅身姿，相信给世人留下了极美好的印象。面向全世界，她们是那样亭亭玉立、自信亲切、温文尔雅、不卑不亢，如同开幕式上展示的千年文明古国深沉高贵的人文气韵，一副大国礼仪之邦的文明风范。

谁都想象得到，礼仪小姐的绰约风姿，由严格艰苦的训练而来。

我的一位同行，曾经以体验采访的身份参与过她们的训练。同行对我说，她仅练习了一个多小时，便腰酸背疼，手足麻木，完全难以坚持。

同行说，为了有一个挺拔的站姿，礼仪小姐每人头顶一本书，两腿关节间夹住一张纸，每天至少站一个小时。为了书本不滑落，头部必须端正挺直，纹丝不动；两腿间的一片纸也只有被双腿牢牢夹住，才不至于飘然落下。如此一来，从头颈部，背部，腰部，臀部，到腿部，必须全部用上力量，才能完成那样一个漂亮的站姿。那样的站姿充满了自信与挺拔的力量，同时又兼具开放和优雅的文明气度，配合温婉含蓄的微笑，必定是赏心悦目的。

人体的任何美好姿态，其实都是通过训练才得以拥有。

在众多美好姿态中，我格外在意和赞赏颈部的线条和姿态，在女性人体美中起到的独特作用。

人体的所有姿态中，没有哪一部分是独立存在的。细心的人都会注意到，凡遇弯腰驼背、臀部后坐的人，必然配合着向前探出的头颈，才能保证重心落在双脚，以保持身体的稳定。反之，即使你没有受过任何的形体训练，甚至已经形成不太良好的体态，但只要你有意识地挺直脖颈，必然连带着挺直腰杆和胸膛，以至整个躯体都为之一振。

曾经看过一幅俄罗斯油画《马车上的夫人》。年轻的贵妇人双手相握置于双腿之上，端坐着上身，戴着插有一支孔雀羽毛的貂皮帽子的头微微向上抬起，脖颈线伸展着。夫人双唇微合，双目半闭，视线朝着下方的某一个地方，表情宁静。画面的整个色调幽暗，华贵，人物的矜持高贵之气扑面而来。当时我的感受是，若没有那向上伸展的脖颈线条，年轻贵妇人的气质必定大为逊色，而那脖颈线作为一个优雅高贵女性的固定影像深深植入我的脑海，至今不忘。

实际上，拥有一只"天鹅般"颀长、挺拔、优雅的脖颈，一直是西方文化中对女性，尤其是高贵女性的基本要求。为了达到这样的要求，严格的训练自然必不可少。同时，利用服装的辅助作用，制造对比、夸张、衬托等视觉效果，以加强脖子的"惊艳"效果，也是西方女性礼服的基本设计原则之一。无论是袒胸露背或深开至胸的大V字领，还是鸡心形的项链、在耳旁摇曳的耳饰，及高高向上盘起的发髻，其基本的功能，都是让脖颈显得更长、更直、更优美。至于微微扬起的下巴和尽量下沉的双肩，更是为了配合这套装备而必须具备的基本功课。

不过，尽管受到同样的重视，但不同文化背景下的女性，对脖颈的"优美"标准，还是有着不同的取向。

很久以前在书里看过的，说是过去上等妓院里招来的雏妓，年纪大约十一二岁，接客前的诸多学习，除了琴棋书画，一项必不可少的形体训练，就是头顶一碗清水跪地，点上香烛。香烛约摸燃烧两个时辰，香烛灭了，雏妓们才被允许站起。

十一二岁发育没有完全，训练什么都是来得及的。头顶一碗清水，为的是让脖子方正直立而不能有少许倾斜，稍有倾斜，碗里的清水注定要洒落，洒落了清水，老鸨妈妈是铁定要罚的。每天两个时辰的训练，天长日久，习惯成自然，脖子渐渐修长了，头部的姿态也随之雅正了。

这个训练的场景后来在巩俐主演的电影《画魂》里找到了实证。《画魂》是根据旅法画家潘玉良女士的生平事迹拍摄的，巩俐饰演的角色就是潘玉良本人。潘先生小时曾被卖到妓院，老鸨对她的训练之一便是前面提到的头顶一碗清水。我还记得巩俐在影片里的扮相：长长的辫子，高高的滚着花边镶着盘花扣的立领儿，头顶清水倔强地跪在地上。

那年月女人上衣的领子都很高，比张曼玉在《花样年华》里的旗袍领子还高。穿着这样的高领，无论脖子长短，下巴一律像是被领子"托"着。经过严格训练的脖子，却又刻意地埋进领子，似乎不太合理。但偶尔看到民初时代的老照片，发现无论烟花女子还是良家妇女，高领托腮，竟是那个时代普遍的时髦。而在高领的遮掩、对比之下，女子的下颌自然地呈现微微内收的姿态。脖颈挺直、下颌内敛，大约正合东方社会男性眼中完美女性的意蕴。

至于日本女性，国人的最初也最深的印象，大约来自抒情诗人徐志摩的名篇：

最是那一低头的温柔

恰似水莲花不胜凉风的娇羞

......

低头，几乎已成日本传统女性最显著的体态特征。而日本女式和服那刻意向后裂开的后领，不但露出一弯敷了白粉的后颈，而且因领子与脖颈之间的相对关系，使和服包裹下的日本女性，天然地具有了一种低头弓腰的体态。这种在男权背景下略显病态的美感，不但被日本男人津津乐道，甚至也成为自《蝴蝶夫人》以来，许多西方艺术作品中最现成的"日本符号"。

以上所有对女性脖颈之美的强调和赞美，似乎多少留有传统男权社会对女性赏玩和苛求的痕迹。但我以为，越是身为自己身体主人的现代女性，越是应该为了自己心中对美好的向往，而在意自己的一切，包括体态。在这样的在意中，脖子是最重要的内容之一。

此外，在全球一体化，实质是全球西方化的现代社会，女性体态美的标准，也日益接受了西

方标准。换句话说，源于西方传统的"天鹅般"颀长、挺拔、优雅的脖颈，已经成为全世界现代女性的普遍标准。于是，挺直脖子、抬起下巴、沉下双肩，应该成为我们时时提醒自己注意的要诀。不信你可以试试，当你以这样的姿态走上街头时，一定会觉得胸更高、腰更直、脚步更轻快，并因此而觉得自信、明朗和健康。

至于究竟如何获得包括优雅的脖颈在内的美好体态，大概需要注意以下的几个方面。

首先，脖子的姿态究竟以何为美？前伸，后仰，左右歪斜自然都是要不得的。常常说到的"亭亭玉立"，首先就取决于脖子的挺直。脖子最好挺直柔细，扭转端正自然，不委琐，不操切，不鲁莽，温文尔雅为最上。无论是点头之间，还是摇头之外，姿态注定都是讲究的，否则优雅之风必定大减。想象一下奥黛丽·赫本，想象一下费雯丽，想象一下芭蕾舞者那天鹅般的美丽长颈，我们就知道什么是优雅的脖子了。

与脖子相呼应的是肩部的姿态，端肩与耸肩都有形容委琐之嫌，缺乏磊落坦荡之态。有人一紧张就本能地端肩，如果有这样的毛病和缺点，应该有意识地加以克服。做一个深呼吸，双肩下沉，脖子挺立，试试……

现在有大量的美容产品用以维护女人的脖子，因为同脸部一样，脖子常年暴露在外，极易衰老。我倒建议，除了精心维护脖子的肤质，使之少生皱纹、少露青筋之外，更重要的还是把对脖子的姿态训练融进我们的日常维护之中。多仰头，多伸展，想象自己就是一只丹顶鹤，顶着鲜艳的红冠，骄傲地挺立着。也请试试吧……

有一个动作，于我已是习惯。双手在身后十指相握，稍用力下压，抬起头尽力后仰，意念中使自己的后脑勺尽量贴近背部（我现在可以做到二者之间的角度小于九十度）。这个动作可以使脖子的皮肤充分伸展，肌肉紧实，没有双下颌，效果很好。

女人理想的脖颈围度应该少于面宽的四分之三，理想的脖颈长度应该不少于头长的二分之一。还有一种说法，从脖子的品相可以判断一个人的出身贵贱。这其实是一种阶级阶层的划分：劳动者长年低头劳作，挑担、头部负重等，脖颈容易短粗歪斜，而有闲有钱阶层常年风花雪月，脖颈不受外力摧残，线条自然曲直柔顺。我想，我们无法选择脖子的先天条件，有人或许过粗，有人或许过短，但无论我们拥有怎样的脖颈条件，脖颈姿态是每个人都可以选择的。只要我们充分认识到脖子在整个人体姿态中举足轻重的作用，就会像精心修饰我们的脸部一样，一丝不苟地对待我们的脖子。

方正地、直立地挺起来，文雅地左右转动，现在就开始吧……

小贴士

1. 在坚持做颈部伸展动作的同时，每天应该坚持使用护颈产品，我认为CLARINS的颈部产品就很好用，不油不腻，非常舒服。

2. 在冬天和有风的季节，应该做好颈部的防护，尽量少让颈部直接暴露在空气当中。冬天最好多穿高领内衣，春秋季也多用丝巾挡风，这样我们才可能在需要袒露脖颈的时候，有一个好的皮肤质感，才有可能呈现光洁动人的效果。

3. 在社交场合，可以用一些轻透的蜜粉装饰颈部，既可以同面部妆容有效衔接，也可大大改善颈部线条的视觉效果（被蜜粉修饰过的颈部线条显得格外柔和）。

用柔和的声音说话
——声音是人的另一张脸

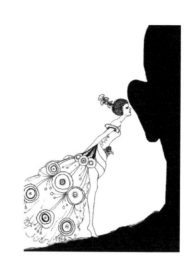

　　天，照例去爬香山。正是树叶渐红的时候，爬山看景的人不少。沿山而上的石级自然顺着坡度，有些地方看起来有四十几度的倾斜的样子，无论上下人们都走得不快。一路上总有人在聊天，几个老人在讲故事，津津有味，在一旁听着，才知他们是为一个电视剧的结尾各抒己见。还有不少爬山者带着自家的狗，各品种狗的嬉闹又使主人间传递着看似热闹实则可有可无的话题。忽然从石阶的高处传来一个高亢锐利的女声，哈哈哈地笑着，声音极响亮。抬头一看，见一微胖的三十多岁女子正与错身而过的熟人打招呼。女子的身边是另一位较她年长的大妈。又见女子飞扬着眉眼对大妈说："哎哟呃，我跟您说，她说话可细声细气了，听着特舒服，特有修养。人家可是高干子弟，不过跟您说，这高干子弟可是挺有教养的……"

　　女子的声音很大，上下传出去几十米。没有听全她的意思，不知道她说的那个高干子弟是谁，既然说话细声细气，大概是个女的。女子因为高干女子说话柔声细气便觉得人家特有修养，但一点也不妨碍她把自己说话的声音传出几十米去。我当时觉得这个景象颇为有趣。总体来说，我对说话声音尖利的女人保持惯有的警惕，这种声音传递的形象是泼辣、蛮横以及特有的神经质。有这种声音的人有时也是热情的人，但这种热情有时会令人无法消受，只有躲避才能令听者安心。那位石阶上说话的女子便是。看相貌和气质，女子是个热情而质朴的人，但她声音的无遮无拦甚至肆无忌惮多少有些搅扰我，让我觉得自己的某处领地受到了侵犯，只有赶快躲开她才能清静。

女人的声音到底以何为美，这是仁者见仁智者见智的问题。一些传统小说描绘女人形象，提到女人的声音常用声如莺啭之类的词，可见莺啭之声是深得部分人喜爱的，尤其是男性。我这里讲到的只是我个人的审美，或者集合了某部分人的审美共识。

记得看英国前首相撒切尔夫人的自传，其中描述她如何在竞选之前和竞选过程中训练自己的声音。撒切尔夫人天生一副细高的小嗓，她自己和她的竞选团队都认为，这样的声音缺乏自信和果敢的力量，也缺乏深沉、安稳与含蓄的魅力，总之，那不是一国首相该有的声音，也不是一个有教养女士理想的声音。

作为一个从事语言和新闻工作的专业人士，我知道声音是可以训练和改变的，我也知道这种训练是艰苦而非一蹴而就的。事实上，撒切尔夫人卸任后，有一次来到中国接受央视记者的专访，我在采访素材带里听到了她大段的讲话录音。坦率地说，她的声音彻底把我征服和迷住了。

她的声音沉稳和缓，含蓄委婉，完全一副柔和的女中音音色，同时口齿高度清晰，配合有节制的面部表情，理性、尊严、雍容的一国之君形象立现眼前。

她在自传里没有用太多的笔墨描述她是如何训练自己的声音的，只是把改变声音这样一个事例，作为她个人非凡竞选毅力的有效说明。她说，她知道自己的声音不理想，便请来专业人士辅导，让专业人士告诉自己什么才是理想的声音，如何才能发出理想的声音，于是自己每时每刻，只要开口说话，就按照专业人士的建议练习。我不知道从她开始决定参与竞选，到竞选结束宣布胜利，撒切尔夫人到底花费了几年时间训练自己的声音，但她用一个活生生的事实告诉所有人，声音是可以改变的，她做到了。

我相信撒切尔夫人不可能像专业院校的人士那样，一字一句地训练自己的吐字发声，她可能更多的是改变自己的说话习惯。比如，把声音放下来，用中低声区说话，把自己的细高声区彻底关闭和废弃，然后做到节奏分明，口齿清晰。

撒切尔夫人在政坛素有"铁娘子"之称，我由此而想象，一个操着尖利高音的铁娘子一定是让人不安，也许是令人生厌的；而有着柔和沉稳音色的铁娘子，因为声音的入耳和尊严感会使形象大为改观，其形象即使仍旧不够亲切，至少也不再那么咄咄逼人。

普遍而言，女人的声音最好宽厚、柔和、含蓄、温婉，音量大小适中。我想强调的是，也许有人一生对声音都没有概念，也没有意识到声音是形象的一部分。只有建立了声音的概念，我们才可能找到努力和修正的方向。

还记得在少女时代读过女作家张洁的小说《含羞草》。小说描述男主人公每天去公共汽车站坐车，每天都在同一时间碰到一位并不太年轻的女子。久而久之，男人对女人的一切有了想象。女人不算漂亮，但耐看，气质典雅，像是读了很多书的样子。女人上车从不与人争抢，不管车内多么拥挤，女人都是默默地站在一隅，安之若素，气度超然。女人的一切在男人眼里几近完美，男人于是开始想象女人的声音。男人想，千万别是那种尖细锐利的声音，那种声音肯定令他窒息，他认为女人只有在失去理智的时候才会发出那样的声音。正想得出神，汽车一个急刹车，全车人前俯后仰，男人站立不稳，一脚踩在了女人的脚背上。男人忙不迭地道歉：对不起，对不起……女人静静地回头，用一副淡然的口气吐出三个字：没关系。

女人的声音含蓄，低沉，略微有些喑哑，像是被薄云遮住的初升的月亮，朦朦胧胧，可又轮廓清晰。男人大喜：这就是我最爱的声音啊！

……

接下去的故事，各人想象便是。我只想说，女人的声带条件各不相同，于是其声音也有各种色彩，但总体而言，自然、本色的女声，其实大多偏于尖细。加上传统社会赋予女性的社会角色，使其注意力更多地偏于细碎。所谓"三个女人一台戏"之类的俗语，就是对这种声音和兴趣组合而成的场景的嘲讽。与之相对，所谓有修养的声音，必然是一种经过有效训练和"管理"的声音。随着教育水平的提高和社会角色的转变，职业女性必然地对自己的举止和声音进行有效的约束，使其符合某种标准和规范，按照这种规范进行的自觉约束和训练，就是我们所称的"修养"。本文开头写到的那位在山道高声闲聊的女士，用尖利、高亢的声音，称赞着另外一位女士的低声婉转，确实是一个奇特的场景。不过这也说明，对于何为有修养的声音，其实有着相对普遍的共识，只是有些女性未必能够自觉地训练和约束自己的声音而已。

因此，训练自己拥有一副有教养的声音，同样是女性自我修养的重要组成部分。这种训练任何时候开始都不晚，只要我们提醒自己，用自己认为舒服好听的

声音说话，坚持下去，就会有收获。

请试着做到以下这几点：

不用过高过大的声音说话；

不用太过急切的节奏说话；

不用犹犹豫豫的方式说话；

不用暧昧不清的态度说话；

最后，尽量用中低声区清晰平和地说话。也请试试吧。

<hr>

小贴士

1. 长年靠嗓子吃饭的人，平时应注意气血的调养补充，有大夫建议，坚持用炒成黑色的红枣和桂圆，或者单独用黄芪片泡水喝，可以有效调节气虚。说话耗精神，人人共知，耗了就要养，也应该成为共识。

2. 长时间用声后会觉得口干舌燥，有人还会出现舌苔发白等上火症状，泡一杯绿茶，吃一点苹果或西瓜，闭声休息几个小时，症状会得到缓解。

3. 除非演讲，无论怎样好听的声音，平时说话太多都是令人遗憾的。提醒自己：不说废话，不喋喋不休，建立节制用声的概念。

这一刻的独特
——让别人记住你的味道

2009年春节回家前，妹妹来电话，希望我给她带瓶香水。同妹妹已经分开生活二十多年，加上距离遥远，平时在一起的机会少，彼此的生活习性已经不是十分熟悉和了解了。我问妹妹：喜欢什么香型的香水？妹妹回答：随便，什么都行。

妹妹的性格有些大大咧咧，这个回答很像她，可是却难为了我，什么叫随便呀，香味儿差别那么大，到底喜欢哪样儿的呀。

妹妹的回答当然也流露出对姐姐的信任，她知道，姐姐喜欢的香型她也会喜欢，或许应该也适合。

我认为香水之于女人，就好比女人的第二层肌肤。常听人夸奖某某女人很有味道，这里的"味道"，当然并非实指鼻子嗅到的气味，但将一个形容嗅觉的词汇，转意到对气质的描摹，可见在嗅觉与气质之间存在着"通感"，嗅觉意义上有味道的女人，同样也会成为受欢迎受肯定的重要因素。说得直接一些，男人是可以根据味道判断女人、想象女人的。周身散发着鲜花般芳香的女人，会令人想到阳光与春天，想到纯情与烂漫；而浸透了檀香等优雅馨香的女人，会让人产生神秘、深邃、浪漫的诸多联想……香味会赋予人们个性，或率真，或自然，或朴素，或奢华，或亲切随和，或拒人千里……一个人喜好怎样的香水，通常与他（她）的性格、趣味、见识乃至生活方式紧密相连。

好莱坞有部著名电影《闻香识女人》，片中主人公、大明星阿尔帕西诺扮演的退休上校，虽然双目失明，却凭着敏锐的嗅觉，从眼前女人涂抹的香水味道上，判断女人的身份、性格、品位，而且得意地认为，此法屡试不爽。女人也惊异：他怎么辨别得出那么多味道，而且从不混乱？

其实，不仅仅是这位上校，在人的各种感觉中，嗅觉是最发达的，嗅觉记忆常常会成为人的终身记忆。某天，我试用了一款朋友送的香水，那种香味较为独特，一位同事与我相遇，闲聊之中他猛然吸气，然后脱口而出：姐姐，这就是我初恋情人身上的味道！其伤感与留恋之绪溢于言表。

另一则更有趣。我家先生从认识我的那天起，我就一直在使用同一味道的香水，在我先生的眼里，那种味道同我是密不可分的，那个味道就是我，而我就是那个味道，爱情的味道。一天，他回家告诉我，他居然从一个不相干的人身上也闻到了同一香水，他佯装生气说：她怎么可以也用那种香水呢，那是我媳妇的味道！一个大男人的看似不讲理，显露出的恰好是对专属于情感的某些符号的珍视与在意。

这便是香水的个性与魅力。

许多女人都乐于在着装与化妆上巧用心思，来彰显自己的个性与品位。如果说，着装与化妆是一层看得见的装饰，那么混合了自己独特体味的香水味，则是一层看不见，却能容人海阔天空恣意想象的更巧妙装饰，而且装饰得意味深长。或者说，涂脂抹粉是视觉上的化妆，喷洒香水则是嗅觉上的化妆。对于一个精致、考究的女人来说，视觉与嗅觉双管齐下，才算完成了一次完整的自我修饰。所以在整体装扮中，香水是不可缺少的，这可以作为一条装扮原则。"无香水则无雅女"这是夏奈尔女士的至理名言。

对于那些还不曾体会香水魅力的女性来说，不妨从今天开始尝试，你会体会到，这是愉快之至的自我犒赏之举。

也许很多人在初次为自己挑选香水的时候，都遇到同样的困惑：到底选哪种呀，根据什么来选呀？

记得前些年在巴黎香榭丽舍大街一家著名的香水店，看见许多中国人在那里左挑右选，服务生也被指使得完全不得要领，不知道一些顾客到底需要什么：是浓香还是淡香，是花香果香还是木香，是香水还是须后水……总之，到底要哪种呢？很多人大概都有这样的经历，在香水店里精挑一阵，鼻子很快就对香味失去判断力，闻来闻去觉得都差不多：没什么大区别啊！于是感叹。

去过巴黎，如果还没有为自己挑选一款中意的香水，女人或许会懊恼许久，因为我们对香水的启蒙和想象，以及由此带来的生活方式，最初都与巴黎二字紧密相连。走遍巴黎街头，极少闻不到香味，只要你与法国人擦肩而过，无论男女，总伴随着各式各样的香味儿，或甜美，或辛辣，或清淡，或浓郁……分分秒秒，撩拨着你的神经。在巴黎，有人也许还有这样的经历，当自己被某种香气惊扰的时候，只要抬头，常常就是一个气质独特的美妙女子，精致优雅地，迈着修长的双腿，与自己相向而来，在人群中飘然而去……

法国人用香水造香水历史悠久，据说香水最早起源于埃及，是埃及人宗教仪式的一部分，他们燃烧熏香、没药（树胶和一种从亚非林木里提炼出的树脂乳香）和乳香，后来开始使用香精油和药膏。随着贸易路线的打通，香水传到希腊、罗马和伊斯兰世界。

到17世纪，香水已在法国盛极一时，而路易十五的宫廷也被称作为"香水宫廷"，因为当时香水不仅仅涂在肌肤上，也喷在衣服、风扇和家具上。

19世纪，随着工业和艺术的发展，香水进一步演变。品味的转变和现代化学工业的发展为我们今天熟悉的香水奠定了基础。法国普罗旺斯成为拥有大量茉莉、玫瑰和橘子树的"香水之都"，格拉斯成为香水原材料的最大生产中心，而巴黎则是与格拉斯配套的商业中心和世界芬芳的中心。

那么，众多香水中，到底哪一款适合自己，是该选用一种，还是多种并用呢？不记得在哪本资料里看到，现代调香师已经为人们调制出了两万多种香味，因为只是模糊记忆，不足以为据，权且作参考说法。而且香水价格昂贵，我在成书于上世纪七十年代的一本法国时尚书中看到，一升茉莉香型的香精价值一千万美元，香精纯度越高的香水，价格就越昂贵，所以购买的时候需要格外细心和耐心。

我非常幸运，上世纪九十年代中，在美国洛杉矶的一个大型百货商场，我被一款造型独特的香水瓶吸引。晶莹剔透的玻璃瓶身圆润修长，瓶盖是一个亚银色的椭圆形金属球，两行手写的黑色英文字母潇洒地飘印在瓶身，优雅，现代，含蓄，气质独特。那时我对香水只有一些朦胧的概念，也时断时续地用过一点，但分不清香型和种类，也没有找到一款自己真心喜欢的味道（或者说，那时也没有真正用心找过香水，别人送的香水倒是不少，大致别人送什么，自己便用什么），那日一见那香水瓶，便不由自主地停下脚步仔细端详，再打开瓶盖闻味道，"天哪，真好闻呀！"在手腕上试过之后，没有丝毫犹豫，我买下了那瓶香水，于是，那个味道我一直用到今天。

我买那瓶香水的时候，正是那款香水刚刚研制面世，美国也上市不久，国内暂无供应，可以说，所有在我身上闻到这股香味儿的人，都对这款香水记忆深刻，同事也说，远远地，就知道徐俐来了。

因为钟情于这款香水，很长一段时间我对其他香水基本没有兴趣，也懒得分清这个品牌是什么味道，那个品牌又是何种香型。还是很久以后，我觉得我应该更多了解香水知识，在某些特殊的时间场合，调换一种香型也许是不错的选择，于是我这才明白，香水除了浓淡之分，它的香味类型有植物型、东方型、柑橘型、木苔型、森林型等，各种香型的气质类型各不相同，与使用者之间的气质高度融合，才是最理想的选择。自己钟情的那一款香水，之所以心无旁骛地喜欢，就是因为它特别的香味与自己的气质体味相匹配，它属于柑橘香型，这种香型的特质是自由、热情、欢快，洋溢着浓郁的夏天气息，而我的个性整体上开朗活泼，真实生动，与香型高度契合。也算无心插柳柳成荫吧。

现在，在个别社交场合，为了突现女性气质，我会选择一些香气深邃馥奇的复合型香水，更好地发挥优雅、浪漫、深沉而成熟的女性气质，给人以有别往常的印象。

必须说明的一点，翻开书本查阅，关于香水种类的表述即使算不上混乱，至少也是人言言殊。这样的书如果多读几本，我们对香水分类的判断，可能反而会乱了。依照我个人的体会，对于香水知识，大可不必知道得那么精细，只要我们能够记住花香、果香、木香这几种香味分明的概念便足以，如果在这几大类型中还挑不到自己中意的香味，我们再问售货小姐：有复合香型的吗？

其实，除了单一花香型，香水基本都是复合香型。不过这里指的复合，是指同一大类香型内的复合，比如，各种果香的味道复合而成的复合型果香，或者各种花香复合而成的复合型花香等。而上面提到的复合香型，则是一种大复合概念，是指各种不同原料类型的复合，花香果木香动物香全混在一起，那种复合香水，初闻难以分辨究竟是哪种香味，只剩下你喜不喜欢，适不适合，著名的香奈儿5号就属于这种香水。

简单地说，花卉型香水被大多数女性接受，香气芬芳甜美，或许是因为鲜花同女人更接近吧。花卉型中还有玫瑰味、茉莉味或百合味等的区分，你只要知道自己喜欢什么花香就可以辨别。

相对于花香，我倒更喜欢果香，柑橘类就是果香型，我总觉得花香过于轻盈，果香厚重一点，也回味深长些。而木香则比较多地用于男士香水，那深沉、厚重、内敛的味道，符合社会对男性角色的定位和想象。

曾经在网上看到一则书讯，书名曰《香水的历史》，网上只有书的目录和内容简介，而目录内容恰好是对众多品牌香水的绝妙诠释，借花献佛，我将目录抄写在此，供各位购买香水时参考。

娇兰：恒久艺术和奢华的代言

香奈儿：简约中的高贵风情

伊丽莎白·雅顿：众香之巢

巴宝莉：英国风尚的代表

登喜路：英伦的俊逸之风

资生堂：唯美风格的展现

兰蔻：优雅浪漫的芳香玫瑰

雅诗兰黛：美丽是一种态度

迪奥：典雅高贵的香水形象

纪梵希：执著于优雅品位

圣罗兰：纯粹的香水艺术

古驰：恣肆中的美丽与尊贵

范思哲：华美与奢华的象征

卡地亚：卓越不凡的尊贵气质

乔治·阿玛尼：简洁高雅的代言

大卫·杜夫：男人内心的深泉

卡尔文·克莱恩：中性简洁的摩登精神

高田贤三：自然的完美幻化

爱斯卡达：永恒之爱的化身

D&G：可可西里性感狂野的艺术

三宅一生：生命之水

胡戈·波士：成功男士的象征

安娜苏：游走于复古与奢华之间的精灵

　　在如何使用香水的问题上，除了香型和意蕴，我认为更重要的还是准确掌握香水的浓淡。国人大都崇尚含蓄，喜欢淡香水的人居多，所以选择香精含量为百分之五至十五左右的香水就可以，这种香水的留香时间已经达到四至六小时左右。留香时间越久，香水浓度越浓，我认为香精含量达到百分之二十可以成为上限，否则自己会有呛鼻感。古龙水最淡，留香两小时左右。

　　至于将香水喷洒在什么部位，我的理解就是随心所欲，自己高兴就行。有几个要点可以掌握：香气是自下而上升腾的，纯棉比化纤织物留香持久。在衣物和肌肤之间，我更愿意把香水喷在肌肤上，耳后，手腕，大腿内侧，脚踝，都是我常喷香水的地方。有人久喷香水之后，局部皮肤会过敏，所以喷香部位可以交替进行。

　　我崇尚并坚持使用同一品牌同一味道的香水，使之成为自己整体气质不可分割的一部分。我相信，在芸芸众生中，每个人都能找到属于自己的独一无二的味道，即使两人使用同一款香水，因为体味的差异，混合出的味道也迥然不同，而那种不同，在别人的眼里是个性，在爱人的心里就是唯一。这个唯一最好也像自己的姓名一样不再变更。在男人的世界里，味道女人是值得交往和期待的，男人这样认为，作为女人，我也同样如此认为。

关于香水（也算小贴士）

目前公认，尽管其起源更早，但香水的流行却始于法国宫廷。至于流行的原因，一说源于法国王公贵族的奢靡生活。整天把自己弄得香喷喷的，肯定是一种很骄奢的生活方式。另一种说法是，那时的法国贵族对自己的身体有一种过分的珍爱，以为洗澡伤身。经年不洗的身体，自然不免臭烘烘的，两个人搂在一起跳舞时，可能也不敢太近。后来香水传进来了，王公们自然趋之若鹜。据说那时的贵族们，很得意于臭烘烘的身体喷上香喷喷的香水之后形成的复杂味道，有些纨绔子弟甚至特意在参加舞会前，用一方精致的手帕塞在汗腺发达又拼命喷过香水的腋下，到舞会上时则抻出来拿在手里招摇，以此吸引女士们的青睐。

如果这个传说真实，则证明那时的法国宫廷，还真保留了一些人类的原始天性。

体味是大多数动物最重要的身体信息之一，哺乳动物到处撒尿、蹭痒，其本意就是留下气味标志，以此划定自己的领地，或者给异性传递求偶的诉求。人类也是动物，所以人的体味本来也有相似的功能。只是随着文明的发达，每天洗澡的卫生习惯，和香皂、浴液等各种人造气味的加入，体味和它的作用，已经被大大地清除和遮掩。香水的出现，除了像不洗澡的法国贵族那样用来遮蔽体臭之外，也是一种对天然体味的修饰和替代。

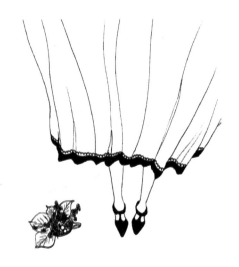

胜似闲庭信步
——学会穿高跟鞋

写下这个题目，眼前便立刻浮现在大街上经常看到的，一些女子脚穿高跟鞋行走时的费力姿态。因为鞋跟太高，她们有的弯着膝盖，臀部向后坐着，脖子前伸，为了保持平衡，双手大幅度来回划摆，走起来一跷一跷的，实在算不上好看。

我们在电影里大都看到过这样的镜头：车门打开，一双脚蹬高跟鞋的玉腿出现在镜头中，镜头上移，是一位风华绝代的女子。女子通常优雅地关上车门，接着仪态万方地、摇曳生姿地款款向某一方向走去。许多导演都钟情这样的场景，认为这是表现女性风姿的绝佳时机。我总想象这样一个场景会对女演员构成极大的刺激和挑战。所谓刺激，是因为女人，尤其是漂亮女人大都有人前闪亮登场的情结，这个镜头足可以满足她们内在的表现欲望；同时构成挑战的，是关上车门后那仪态万方的几步，对女人的身体控制、步态意识、内在气质都是极大的考验。

其实就对人体生理的挑战而言，高跟鞋本身就是女性为自己出的一道难题，垫起脚跟形成的不正常站立姿态，会给人体带来一系列的强迫性改变；就社会学角度而言，高跟鞋的出现和"高跟鞋文化"的形成，则基本可以认定为女性在男性面前自觉的性别强化，是女性展示其性特征和性感魅力的辅助工具。

这样的结论，在前面叙述的那个电影经典场景中，可以得到充分的印证。穿上高跟鞋之后唯一正确的姿势，必然是双腿绷直，臀部夹紧、后翘，相应地则必然收腹、挺胸、抬头，而这一切，恰好是展示女性性感魅力的核心要求。因此，高跟鞋自诞生之日起，其根本目的就不在于提高女性的身高，而在于"塑造"女性的姿态和体态，以强化女性的性别特征，提高在男性眼中的"性感指数"。在这方面，中国汉族传统妇女缠足之后的扭捏步态，满族贵妇穿上花盆底之后的莲步轻移，及日本女性在和服、木屐共同约束下形成的细碎步伐，都有相似的作用。在这个意义上，被视作时尚教主的高跟鞋，不过是另一种趣味的"洋小脚"而已。不同在于，西方文化一统天下之后，女性的性感标准也基本实现了全球一体化，主动、自信、张扬的现代女性，替代了被动、羞涩、含蓄的东方"女德"，高跟鞋替代花盆底和木屐，也就顺理成章。

家有女儿初长成的母亲，或许注意过这样的场景：自己的女儿会在某天突然想起偷偷地试穿妈妈的高跟鞋，尽管相对于她的小脚来说，妈妈的高跟鞋像是两只小船。其实正是在那一瞬间，证明你的女儿虽然还没有长大，却已经开始有了朦胧的性别意识。等到她真的第一次正式穿起高跟鞋走出家门，则意味着可能有一个青涩的约会，正在远处等她。不管高跟鞋的来历究竟如何，它已经从一个外加给女性的性感装饰，内化成了女性普遍的性别自觉，高跟鞋与成熟女性之间，已经建立起一种直接的对应关系。而对于那些具有高度自我意识，因而着意进行过严格的自我训练和约束的女性来说，高跟鞋带来的挺拔身姿和婀娜步态，恰是自信、昂扬的内心的最恰当的外在形式。也就是说，即使离开男性目光的欣赏，高跟鞋也已经是女性不肯放弃的心爱之物。

不过和其他任何一种塑造人体姿态的方式一样，通过高跟鞋塑造挺拔、优雅、性感的体态，也必须经过相应的训练，付出相应的代价。

我想，现在女孩子穿高跟鞋的年龄应该都在高中毕业之后。之前，学生无分男女，都着统一的校服，而我们的校服又都是一律的运动服，唯有配以运动休闲鞋才合适。大家公认，运动装校服无形无款，女孩子穿上以后整个身体状态也比较懈怠，加上运动鞋的舒适与随意，女孩子从小走路的步伐大都是轻松的，随便的，甚至是随心所欲的。在这方面，我和其他家长一样，对现在的中学校服设计极其不满。现在中学普遍采用的运动装校服，不但面料粗糙，极不舒适，而且松垮宽大、无形无款，孩子穿上后倒是无拘无束，却也显得吊儿郎当。服装对人的心理有很强的暗示作用，服装的松垮无形，很容易导致穿着者的懈怠。于是每逢放学时分，中学校门口经常出现一群群裹在宽大校服里推推搡搡、晃晃荡荡的学生，即使那些重点中学门口也是如此。为此，我经常感慨日本等国家教育者的远见，从小学开始统一穿着的男孩套装、女孩套裙，让日本孩子从小就有体态的意识和训练，使他们始终呈现出健康、振作的精神面貌。

至于中国女孩迄今为止的少年教育，给她们今后走向社会和职场，带来很大的适应困难，其中包括不得不穿的高跟鞋。

穿旅游休闲鞋带来的身体重心及状态与穿高跟鞋截然不同，休闲鞋对身体的姿态没有任何要求，身体重心也较为自然，高跟鞋则不然，它彻底改变了人体的

重心平衡，需要穿着者在一个新的重心上重新调整身体姿态。

即使初学美术的人都知道，无论绘画、雕塑，一个平面或立体的人物能否在纸上或雕塑架上"站住"，完全取决于人物的重心安排是否正确。一个最简单的道理：人要站稳，其颈椎、腰椎和脚跟，必须落在一条垂直线上，无论左右或前后均是如此。因此不管从左右看，还是前后看，稳定站立的人体只能呈现两种不同的体态：I形或S形。所谓I形，就是重心从头顶、颈椎、脊柱、腰椎、腿直贯到脚跟，人体呈挺拔的健康姿态。所谓S形，则是当人体的上身（或下身）出现弯曲时，下身（或上身）必然补偿性地出现相应的弯曲，以保证颈椎、腰椎和脚跟能够处在同一垂直线上。如此上凸下凹，人体必然呈S形体态。而若人老背驼到下身无法补偿时，就只好借助拐棍才能站立了。

许多人穿高跟鞋站不出挺拔的姿态、走不出漂亮的步伐，关键原因是把握不了在脚跟垫高、身体后倾的情况下，如何继续保持I形体态。

穿上高跟鞋之后，为了保持挺拔的I形体态，人体必须被迫作出一系列调整——小腿收紧，大腿前侧拉伸，骨盆前倾，臀部后翘，以保证腰椎继续与脚跟落在同一垂直线上；同时挺胸、塌腰、抬头，以保持颈椎能够通过腰椎落在垫起的脚跟上。这实在是一个挺拔、婀娜、性感，却又十分辛苦的体态。而且，其挺拔、性感程度和相应的辛苦程度，恰与鞋跟的高度成正比。

而那些从小没有良好体态训练的女孩，其身体在不穿高跟鞋的时候，也难以保持一个挺拔的姿态，多少都有些含胸驼背。因为那种姿态腰部不太受力，顺应了人体自然松懈的需要，自然舒服。如果有人在这样的体态基础上再选择穿高跟鞋，同时又没有意识和能力将自己的身体姿态作相应调整，其必然的结果是，为了让腿部不太紧绷、吃力，必然双腿弯曲、臀部后坐，上身则补偿性地驼背、含胸，穿着效果是可想而知的。

所以在穿高跟鞋之前，我们要问自己一个问题：穿高跟鞋，我准备好了吗？

这个问题似乎小题大做，但真真正正是一个正经问题。

一旦穿上高跟鞋，我们必须有意识地将自己的腰背挺直起来，那种挺直相当辛苦，不能有一刻松懈。随着腰背的直立，我们的脖子也要相应直立，不能前伸。如果挺直腰背太过辛苦，我们可以从较矮的鞋跟开始尝试。切忌身体姿态没有准备和适应，就急切穿上尖细高跟，那实在太为难自己。一开始的鞋跟高度最好不要超过三公分，适应之后逐渐加高。漂亮和舒适的鞋跟高度为五至七公分。如果再高，无论腰部还是足部，对人体的伤害都太大。这是我坚决反对的。

知道吗，常年穿高跟鞋，是会导致腰肌劳损的，这绝非耸人听闻。一些女孩子因为各种原因，常年选择很高的鞋跟，中老年以后多数会遭遇鞋跟之苦，这也绝不是耸人听闻。

接下来的问题是，挺直了腰背，找稳了重心，我们如何走路呢？鞋跟导致了我们的脚背自然绷直，绷直的脚背又会使我们的双腿自然用力，我们的双腿基本是以绷直的状态向前伸出、跨步，脚后跟随之先着地（切忌弯着膝盖向前跨步，如果那样，一定是腰部力量不够，身体重心有问题）。

也许不少人对苏联电影《办公室的故事》的某些情节怀有深刻的记忆。其中一个场景就是女主人公的秘书，告诉颇具男子气概的女上司如何走出女人味儿的步伐。坦率地说，电影里对人物的要求已经超出常人能够接受的范畴，秘书告诉上司：下巴抬起来，眼睛朝前下方看，挺胸，收腹，沉肩，上身微微后仰，松胯，大腿带动小腿，迈步，骄傲地走出去……这样走出的步伐实际已接近模特儿在T型台上的猫步，通常人们不会这样走路。但我想强调的是，普通人穿上高跟鞋之后若想步态漂亮，遵循的其实就是这个要领，只是我们不可能花那样多的精力和时间训练自己，步态效果自然大打折扣而已。

我的体会，只要自己了解穿高跟鞋的走路要领，在意平时的走路姿态，天长日久，我们就会越走越好看。我进一步的体会是，若意识上用大腿带动小腿走路，会使自己的腿看上去更加修长，好像那条长腿是从大腿根部迈出去的，想象一下，多长啊……如果还能做到适度松胯，摆胯，那就更加妩媚多姿了。关键是分寸，过犹不及，否则，会让别人在自己的身份识别上产生误差……

至于步伐频率和步伐幅度，一般来说步频不宜太慢，步幅不宜太小。太慢的步频一是看起来精神不够振作，二来若有适度摆胯，则容易有搔首弄姿之嫌。而太小的步幅则会给人拘谨、不开放、欠潇洒的印象，而太大的步幅则容易失去重心，影响优雅度。

现在许多女性已经意识到步态的重要性，有意参加舍宾一类的健身训练班，这类训练班的一个重要内容，就是教授女性如何优雅行走，如何优雅举手投足。作为女性修养的一部分，我认为这样的训练是十分有益也是非常必要的，这样的训练开始得越早越好。

现在就请站起身来，选好鞋跟高度，记住要领，对准镜子，开始走吧……

不能够的随心所欲
——发型因何而变

女性一生或许都会面临发型的困扰，比如：什么年龄段留什么发型，什么是流行的发型，有没有终身适合的发型，等等。

有人可以让发型成为她一生的标志，比如靳羽西。羽西从上世纪八十年代初进入中国，人们看到她的第一眼，她就留着那个著名的童花头。二十年后仍是如此，直到这两年见到她，才有了一个新模样。羽西曾经兴致勃勃地告诉我，她每天如何打理她的童花头。羽西的发质很好，发丝粗细均匀，发色黝黑光滑，富有弹性。羽西说，她每天早起洗头，为了让头发看起来蓬松灵动，她吹干头发时头部向下，让吹风机直接吹向发根儿，然后用手指稍作整理，头发便有型有款。她还曾当面向我示范，从洗头到发型打理完成，大约十分钟。我发现她的发型之所以容易整理，主要依靠发型的修剪。羽西没有烫头，头发吹干的模样就是最初发型师修剪的模样。所以她说，她的头发大约五周修剪一次，一直由一名固定的发型师打理。

像羽西这样二十年如一日保持一个发型的人极少。对于羽西而言，她的坚持，是因为她找到了一个特别适合她的东西，那几乎成了她的专利。因为名声在外，再有人留与她类似的发型，都会被冠之为"羽西头"。而维护专利是要付出成本的，羽西的成本就是唯一不变——喜欢的人永远喜欢，不喜欢的永远不喜欢。对于别人的判断，羽西似乎毫不在意，她仅仅认为：适合自己就是最好的。

我有一个发型也曾留了十年。对女人而言，十年是一段不短的光阴。最初在屏幕上见到我的人，大约还记得我那长过耳际的大卷发，那也几乎成了我的标志。在屏幕上留大卷发，在那年月我是唯一的一个。之所以那样，也是因为适合。

有人可能觉得一生都没有找到适合自己的发型。我认为问题可能有这样几个方面：第一，自己不知道什么才是适合自己的发型；第二，发型师没有能力帮自己找到适合的发型；第三，不断变换发型师，永远处在不稳定的寻找当中；第四，消极放弃，懒得尝试和寻找。

抛开是否流行这些因素不谈，适合脸型和自身气质是选择发型的首要标准。这方面的教科书似乎不少，大量谈到的都是脸型与发型的配合原则。那些原则是普世而正确的，我们每个人都应该掌握。相比之下，更难掌握的还是气质与发型的配合。

羽西为什么认为自己适合童花？我见到羽西的时候她已经四十出头，早已过了传统意义上的童花时代。从脸型上看，羽西属长形脸，童花头的齐眉刘海对脸型起到有效遮挡；脸颊两侧的发型弧线，恰好在脸的两侧勾勒出美人沟似的脸颊造型，使羽西略显扁平的脸型看上去更加立体。更重要的是，羽西虽然年过四十，但任何同她接触的人，都感觉不到她年龄的存在。她灵动的眸子时时闪耀着青春的光芒，大笑起来如少女般可爱动人，加之身形苗条，周身弥散着烂漫如花的气质。而这种气质与童花头之间是那样的协调，使她的整个人看上去更加妩媚，或者说，是童花头为这种气质锦上添花。这样的成功案例不少，只是羽西太有标志性，以她为例，大家更容易沟通理解。

如此看来，我们要切实了解自己的气质，或干练，或妩媚，或素淡，或强烈，或时尚，或保守，或浪漫，或刻板，或顽皮，或天真……无论哪种气质，都可以在发型中找到进一步的诠释。

接下来的问题：如何寻找。

好的发型师，如同好的厨师、好的裁缝，是需要天赋和才华的。发型师在过去被称为手艺人，通常跟着师傅学几年，先是打杂，然后逐渐上手，学满出师，再独立操作，但能不能修得正果，则全看个人的悟性与造化。

现在的美发屋遍地开花，许多从业者都还处在谋生阶段，在这些发型师手中，我们是难以得到我们所需要的创造性结果的。所以，在经济条件允许的情况下，应尽可能去寻找有敏锐观察力和判断力，有丰富表现力的发型师。

确定了发型师，我们还需要有一份耐

心。换句话说，一旦确定，就不要轻易变换，因为发型师对你需要一个熟悉了解判断的过程。除非顶级发型师，一般情况下，很难一次造型到位。

在与发型师沟通的过程中，不妨把自己各个年龄段的照片，自己不同风格的造型照片，自己最为欣赏的别人的造型照片，都拿给发型师；也不妨多向发型师介绍自己的职业及职业环境，爱好及消费程度和范围，甚至自己的社交圈子。这些都能帮助聪明的发型师帮你确定发型风格。对于发型师而言，一次造型不成功非常正常，他会期待有第二次修正的可能，多修正几次，大家就可能找到一个满意的结果。所以，同发型师合作，耐心是必需的。我们大都有这样的经历，经常听到身边的人抱怨：昨天去剪了头发，糟透了，再也不找他剪了，太不靠谱了等等。我想说，即使是非常好的发型师，也需要你的耐心和理解，除非你碰到了一个天才。

那么，什么时候变换发型呢？

有人随心情而变，有人随职业而变，有人随季节而变，有人随潮流而变，有人随年龄而变……

在这些变化中，最容易失败的当属随潮流而变。比如这几年流行直发，便有许多人不惜使用离子烫，将卷曲的头发硬生生拉直。许多人都相信直发相对于卷发显得更加年轻，但对有些人而言，天生适合弯曲线条的气质，直线上脸反而毫无生气，更显苍老。所以即使选择更加年轻的直发，也要因人而异。

再比如染发，当我看到几乎人人都染发的时候，我便知道所谓潮流的深度可怕。有些人不懂得发色与肤色的对应关系，别人染什么自己就跟着染什么。比如乳白肤色适合暖色系漂染，而青白肤色则适合冷色系漂染。同样是红，棕红为暖，紫红为冷，分别适合不同的气质与肤色。许多发型师也一知半解，跟着潮流向客人一味推荐。另外，有些人的长相其实非常东方，发丝漆黑如墨，她只要展现自己的原生态就是最好的造型，可是，今天金黄，明天紫红，发质几经漂染已经枯如干草，看着实在可惜！

不管什么发型，一旦发质出现干枯状态，便没有任何美感可言。柔顺、光滑是对发质的基本要求。如果出现干枯，我们宁愿放弃任何造型，哪怕清汤挂面，也应该等到发质健康之后，再做烫染修剪造型。

一般来说，三到五年，因为皮肤和肌肉松弛的原因，人的面部结构会出现些微的变化。也就是俗话说的，脸部逐渐下挂。仅就规律而言，脸部越是下挂，发型就越应该上行。所谓上行，是指发型的发量重点开始走向头顶方向。头大显小，就是这个原因。一位雕塑家告诉我，她在做人像的时候，如果想使人物看起来年轻，她会把人物脑门以上的部位做得稍大一些。她说，婴儿刚出生的时候，脑门以上的部分占了全脸的一半以上，随着生长，脑门比例逐渐变小，看起来也逐渐成熟。"婴儿定律"是值得我们认真参考的。从这个角度说，长发是年轻人的专利。随着年龄的增长，耳部以下部位的发量应该逐渐减少。

这也算改变发型的一条基本原则。

还有一个参考依据就是全身的比例关系。上身长和头部偏大的人不宜留太长的头发，最好不要过肩。因为夸张了头部的比例会使全身看起来更不协调。人要寻找的是整体美，整体和谐才是美的至高境界。我要强调的是，在发型效果中，头发的长与短为第一视觉效果。确定了基本长度后，再确定基本修剪造型，是染是烫再作进一步考量。这是较为安全的做法。

頁碼043

有一点我必须说明，没有人可以做到万变，人人都有限度。曾经的所谓"百变女郎、千面女侠"等说法，都是出于演艺需要而人为造出的各种效果，不是每一种效果都美，都适合，仅仅因为被造型者敢于解放自己，敢于用惊人的效果示人而已。

否定了万变，不等于不提倡个性。中国的政界有一种奇怪的现象：所有的女官员基本保持同一发式，无一例外。她们选择的发式，就是吴仪女士留了至少二十年的发式：基本没有长度，整体发型走向向后梳立。吴仪女士的干练与洒脱有口皆碑，那种偏中性的发式与她的气质脸型十分贴合，其他人则未必。为什么选择同一发式，也许同中国的行政文化有关。我只想说效果，除了缺乏美感，生硬刻板，还同中国努力倡导的改革开放精神大相径庭，世人会为此匪夷所思：一个最个人化的选择为何会走向同一呢？

也许对于许多女官员而言，不知如何才能打理出更富有个性和美感的发型，也许还有些人仅仅是出于低调和安全的考虑。于是，我忍不住想对女官员提个建议，真的不必把头发一律剪得那么短，一律向后倒吹，选择适合自己的发型并不意味着太多冒险，其实也无需太多的精力，只要自己选择一个温暖的周末下午，认真用心学点这方面的知识——找书看或听人讲解，做一次认真的寻找和设计即可。希望以此为中国的政界注入新鲜与变化，这种变化是人性的，也是大众乐于看到的。关键是适合，适合职业，适合身份，适合脸型气质，适当与潮流接轨也未尝不可。人心都向美，真正的美感是无人可以排斥和拒绝的。

还有一点提醒，一般来说，如果发型有巨大的改变，比如由长卷发改为直短发，人的气质会发生相当大的变化，这种变化会导致你所穿的衣服及佩戴的饰品也必须随之作出重大改变，这是许多人没有想到的。例如，我过去曾经是齐肩卷发，那种发型使人的气质趋于浪漫，十分女性化；而我在2008年将头发剪短，用我自己的话来形容，从记事起，我的头发就从来没有这样短过，仅比胎发长些许而已。这种发型在人的气质中注入了中性的味道，少了妩媚，多了干练，我过去穿在身上非常有女人味儿的一些衣服，因为发型的改变而变得没了味道，还有我常年佩戴的标志性耳饰也变得不再适合，我不得不随着发型重新选择衣服的风格。所以，变一个发型有时就意味着从头到脚换一种打扮风格，这是在改变发型前必须想清楚的，因而需慎之再慎。

小贴士

1. 留短发的人，为了保持发型的完整性，应该六周左右剪修一次。许多人不这样坚持，常常不是没有时间，而是没有意识到这是保持发型最重要的前提。

2. 无论怎样保养，建议每年烫发染发不超过三次。三十岁以后的女性，在食物中多添加补气血的食品，例如当归、黑芝麻等，用齿梳多梳头，可以延缓白发的产生。

3. 如果每天都使用发胶啫喱等定型产品，临睡前一定将头发洗干净，油性发质的人应该天天洗发，让发丝发粘成绺是十分不雅的，而且散发出的头油味儿，会构成自己的社交障碍。

4. 洗发后，应及时将头发吹干，以免湿气入侵体内。如果是干性发质的人，头天夜里洗发吹干后，第二天早晨用喷雾将头发喷湿，再吹干造型，造型效果不受任何影响。

5. 头发如同皮肤，清洁是保养的第一前提，另外减少染烫等伤害也是最好的保养，除非特殊需要，平时应该警惕改造型改发色的随意性。

坦然面对流行
——我行我素

这两年的服装流行复古，复西方宫廷之古。中短泡泡袖，重叠圆圆领，胸前百褶缠绕，花结肆意随身，看上去一副纯真烂漫。这一复古元素被广泛运用到一年四季的衣着设计中。

我曾在街上看到一位年约四十的女性，身材丰腴，脖颈较短，她正穿了一件被我称为复宫廷之古的"娃娃衫"。"复古娃娃衫"的特点之一是胸部的剪裁。因为胸下有百褶，因而腹部宽松，加之衣身偏长，确实能将"丰腰"有效遮挡。但这种设计恰好对上半身的要求甚高，需要穿着者有修长的脖颈，纤细的上肢，大小适中的胸部，挺拔的腰身，这样百褶形成的宽松飘逸效果才得以显现。我看到的那位女士，因为丰腴，双重圆翻领使她的脖子看起来更短，胸下锁着的百褶，使她的胸部给人以哺乳期的印象，结实的胳膊套在泡泡袖中更显壮硕……总之，效果绝非她的预期，简直不能再糟。

女士为什么会这样穿着呢？因为流行的缘故吧。

我的观点：盲目追随流行是会害死人的。

如果我们把这两年的复古衫缩小一下比例，同我们以往给小小丫头们做的花花裙子是否如出一辙呢：圆圆领，泡泡袖，胸间百褶？

我将之称为"复古娃娃衫"，原因即在此。

既为娃娃，长相气质中没有天真烂漫真挚透明的所在，便不要轻易尝试。不说中年女性，即使年轻姑娘，气质过于成熟，面对这股娃娃风潮，也需慎之又慎。

明星的示范也在推波助澜。可怜明星为了演艺将自己瘦成如柴模样，三十多岁也乳声奶气，这些都是大众学不了的。大众的盲从便是，明星穿了，就意味着流行，而追赶流行是大多数女性的心理症结所在。

我们永远无法预知流行，流行是时尚家们的一个阴谋。这个阴谋是如此的冠冕堂皇，如此的光明磊落，如此的大行其道。当然，我们的生活也因为这样的阴谋而丰富多彩。换句话说，时尚家的阴谋也是大众生活的调味品。

去年流行某一材质，今年流行某一款式，明年流行某一色彩，所有的流行没有任何道理可言，唯一的道理仅仅因为一群人的煽动，它们终成流行。我认为，每一年的流行永远只适合某一合适的人群，比如颜色，前年流行金色，亚洲人的黄皮肤适合金色吗？平常人的气质压得住富丽堂皇的金吗？我十分反对一些时尚节目不负责任的推荐，他们总告诉你什么在流行，却永远不告诉你，什么流行你不适合，弄得多数收看者跃跃欲试。如果他们负责，就应该找一个适合金色的人示范，同时再找一个不适合的人展示，因为媒体有话语权，这种提示是非常必要的。而我们自己则要能对这些现象仔细予以斟酌，不能轻易被蛊惑了。

当我把阴谋、煽动、蛊惑这类字眼作为流行的标签贴上之后，并不意味着我们必须拒绝流行，作为生活的调味品，流行也常使我们心情愉悦，使我们的面貌日新月异。

我的主张，面对流行，自己要有能力理性分析今年的流行是否真正切合自己，仔细分析自己的身材，肤色，气质，年龄段，这些基本条件都是我们无法改变的；分析过后，再在流行中寻找适合自己的元素。元素的添加和改变，是面对流行最谨慎和安全的选择。

比如，我们可以在基础着装（通常款型色彩较为恒定，大衣套装等都属此类）之外，选择某一单品——也许是衬衫，也许是裙衫，在这些单品上做些试验，看看流行的效果到底如何。效果若好，就在当季适量购买而且多穿，流行风潮一过，弃置也不可惜，因为它们已经完成它们的使命。由此来看，买流行单品也切忌太贵，一些大品牌的流行单品因为价钱太高，不买绝不可惜。其实，许多小品牌的当季单品，就是某些大品牌的复制，略有改动而已，有些则干脆赤裸裸完全照搬。作为流行单品，买这样的复制品是十分合算的，我们穿的是效果，而不是品牌。

另外，切忌拿基础着装做试验，比如大衣。因为流行，几乎所有的功能服装都会染上流行元素。某年流行蕾丝，我便看见某一品牌的大衣竟然也嵌上了蕾丝。大衣通常材质较厚，或羊绒，或粗呢，与蕾丝的轻盈通透性感极不协调，二者的搭配全无道理，因为流行，便有设计师斗胆让它上市。流行会使我们瞬间丧失理智，如果有人因为流行而买了一件蕾丝大衣，后悔是注定的，因为过不了两年，蕾丝就不见了，没有比一件镶嵌了蕾丝的大衣更让人莫名其妙的了。

因为流行的可爱与可恨，我们对待流行的最好办法，就是抱一种理性而坦然的态度——适合，我们就尝试；不适合，我们便视而不见。最适合自己的东西永远就是自己的流行绝配，这是硬邦邦的真理。面对自己的衣橱，我们最好把这个真理挂在心上。我通常在每年换季的时候，花上大半天时间把衣橱彻底审视整理，我发现，被我弃置不用的基本都是流行单品，而那些经典的基础着装，有些五年，甚至更长时间地被我保留。某天，我将一条黑色西裤与黑色西服上装组合搭配，它们原不是一套，分别都有十年左右的历史，依照现在的流行眼光，它们的款型搭在一起会透出某种时髦的意味（西服短小，收身掐腰），同事看到后都不相信它们是十年前购置的。这说明所谓时尚也是风水轮流转的，这其中也没有别的窍门儿，一来它们都属于基础着装，二来它们确实适合我的身材气质。适合就是硬道理，因为适合，它们就一直活在我的衣橱里。

我的体会，花大价钱买基础着装，花小代价买流行单品，如此这般，我们的着装永远都会是体面而时尚的。

但凡女性，大都愿意成为时尚中人，新鲜的，富于变化的时尚元素确实能带给我们激情甚至感动，带来不同凡响，我们只要掌握了流行的本质，就能更好地利用流行，让流行好好为我们服务。

准备当家的着装
——永远从容

有次，与一位小伙伴一起参加一个时装发布会，因为天气偏冷，我选择了一身职业裙装和细高跟船鞋，外套一件MaxMara羊绒大衣。因为套装与大衣的颜色都为单色，我又搭配了一条色彩绚丽的爱马仕丝巾，还有爱马仕手袋。整体装扮显得庄重、大气，又含而不露。小伙伴比较年轻，见我装扮好之后，直说：哎呀，徐老师，我看上去就像您的助理，帮您随身拎包吧。我知道小伙伴客气，她是用这种方式表达对我装扮的肯定和欣赏。我觉得，可能小伙伴意识到自己的装扮不够郑重，有些草率，没有很好映衬出自己的职业身份与气质。

女人一生买衣物无数，有个时髦的说法：女人缺少的永远是当天想穿的那一件。但在我的心得里，不管平时有多少衣服，关键时候需要的当家着装必不可少。所谓当家，就是最能反映你的职业身份，最能切合各种重大场合，最经典又不易过时的着装，有人将这样的着装也称为王牌着装。在我的衣橱里，能够成为我的王牌着装的是，两套品牌职业套装，一件品牌大衣和风衣，四五条品牌丝巾，三四双品牌鞋，两三个品牌手包，一些真真假假造型风格各异的首饰。够了，这些行头足可以帮我应付一切了。

或许有人会认为这样的装扮过于保守和简单，但以我屡试不爽的经验来看，用这样的王牌着装打扮自己，既省事省时，又安全气派漂亮。

在这里我刻意强调了品牌的作用，品牌之所以能够成为品牌，不需要我在这里做过多的论证，品牌就是品质的保证。当我们面对一些场面，哪怕就是同学朋友间的聚会，如果你希望自己看上去漂亮些，选择有品质的着装都是安全可靠的。对于多数人而言，品牌衣服不可能太多，因为价格实在昂贵，但有些配置值得花大钱，比如大衣、风衣、套装、船鞋等，这些着装虽然一次性投入较大，但使用效率很高，如果购买的都是经典品牌，则终身可以穿用，如此算下来，其实非常合算。我的那件MaxMara大衣，已经穿了八年，当初买的时候就考虑一旦拥有，自己轻易不会放弃，所以在款型上选择了较为宽松的H形造型，这种造型对身材的变化不甚敏感，胖瘦关系不大，因而经久耐穿。在每年长达三四个月的冬季里，每个冬季的三分之一以上的时间我都在穿大衣，开春将大衣仔细干洗收好，年年穿，年年整洁如新。因为MaxMara大衣是大衣中的经典，任何时候穿出来都不会过时，所以我计划这件大衣至少还可以再穿十几年。相对于当初的较大投入，如此长时间的实用穿着，其实已经非常合算了。关键是自己能不能拥有这样的思路，把花多少钱穿怎样的衣服想得再明白些。

品牌衣服除了耐穿，经济上合算，因为它品质品相好，因而穿着效果也好，在你需要穿出效果的时候，品牌衣服就是最安全的保证，就是你的当家行头。文章开头提到的，我在时装发布会上的装扮，就是一身品牌当家行头的组合，它让我以不变应万变，不管时装界如何风起云涌，如何万花筒般千变万化，面对各色时尚时髦，经典永远不会是输家。这就是当家着装的好处。因而我建议，面对场合需要，你又实在想不出穿什么衣服合适时，那就穿上当家行头吧。所以当家着装本质上也是基础着装，在你无数次的购买需要和冲动中，最好首先想到，我的当家着装配置齐了吗？

我的那位小伙伴有了那次经历后，把添置当家着装（俗称出客衣服）当成她在购买衣物时的一个重要考虑和选项，并因此而获益匪浅。

接下来的问题是，当家着装有没有标准？什么才是标准？品牌服装就是标准吗？

确定当家着装，其实就是在告诉别人你是什么人，是什么身份和趣味的人。

我认为，当家着装的第一特性应该为职业特性，让人们一看就大致知道你的行业隶属。

有次一位著名的化妆师担当某大赛的评委，因为大赛过后就是颁奖典礼，化妆师仔细掂量自己的着装，在礼仪化和职业化之间反复斟酌。最后，化妆师选择了职业化着装。

化妆师的职业着装到底是什么，谁也说不清楚，但是礼仪性着装却是一目了然的，无非是大小长短礼服、品质好的套装或做工讲究的民族服装等。化妆师们给人的印象多少有些时髦和前卫，又多少有些漫不经心，在艺术性与随意性之间荡来荡去。那位化妆师最终选择了一条造型简单干净的牛仔裤，两件棉质针织套头衫里外套穿，内穿针织衫为抱脖高领衫，外穿的则是一件低圆领又略微宽大的套头衫，潇洒随意，虽没有礼仪感，但职业特征明显，加上化妆、设计、演艺、传媒、IT等行业属非保守职场行业，穿着可以适当不拘泥于规则，因而在那样群星璀璨的环境里，也并不觉得化妆师的着装过于随意，反而让大家觉得，化妆师其实就是这个样子，在任何地方见到他们，他们都该是这个样子。后来我在多个场合见到这位化妆师，她都是类似的装扮，形成了她的标志性风格，所以坚持职业属性是永远不会出错的。

当家着装的第二特性应该是品质特性。

当家的东西当然是好东西，当家着装应该是"镇橱（衣橱）之宝"。无论我们处在怎样的经济水平，对当家着装的配置都应该是自己有能力投资的大头。你可以根据自己的经济能力，分阶段升级。我不认为我的小伙伴的大衣一定也是MaxMara，这个品牌锁定的消费人群也不是刚工作几年的年轻人，我们只要根据自己的能力，把当家着装尽可能买好些就行了。比如，你可以花五十元钱买T恤，但如果你有能力，你至少应该买五百元以上的套装。而年龄越大，对衣着的品质要求越高，这样自己遇事永远不会窘，永远不会瞎着急了。

最后的问题是，如何让当家着装穿出新意？

除非是富豪，大多数人对品牌当家衣物的购买能力有限，在我的衣橱里能够称得上"镇橱之宝"的也就是为数不多的那些。如果担心自己给人以面貌陈旧重复的印象，一些巧用心思的搭配和改变必不可少。我的套装都是可以互相搭配的，我的丝巾既可以围在脖子上，也可以搭在肩膀上胳膊上或手袋上，有时干脆就拿在手上，随意处置。丝巾因为图案讲究，色彩绚丽，在着装上格外富有效果。

多学会几种发型的打理也是改变形象的有效手段。我曾经同一个著名化妆师合作拍摄照片，对于我十来年不变的发型，化妆师随手就打理出了四五种造型，每一种造型都是一个不同的气质，让熟悉我的人耳目一新，当然拍摄出的照片也风格各异。这里指的打理，是指在同一种发型基础上的不同变化，这种变化的能力是值得我们去学习的，虽然不容易，但确实值得一试。发型改变气质，发型也影响装饰风格。我每换一个发型，基本就要更换一批装饰性的首饰，否则就很不协调。最近我剪了短直发，此前用于落肩卷发的首饰再也不适合。落肩卷发看上去柔和，女性化，而短直发则更加时尚干练，两者的风格差异比较大。我喜欢佩戴耳饰，因为剪了短发，过去的耳饰基本无用，戴上全是累赘。但不久我发现，一些造型简单，呈几何状的略显夸张的金属耳饰，戴上反而别有风味，再配以我过去从不穿的皮靴，整个人看上去前卫、奔放。这是在我过去的装扮中从不曾有过的，效果不言而喻。

了解我们的形体
——美妙穿着从掌握人体结构开始

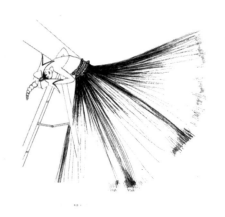

我将一件法国著名品牌的精纺羊绒针织衫，送给了我的一个小同事。羊绒衫薄如丝绢，手感极其温软柔滑，造型简洁，开度略深的V字领，腰部略收，长度及胯，紧致长袖。西班牙红为其主色调，上面印有十分浪漫的简单花纹，很艺术，很个性，人见人爱，是件非常好的东西。

这件好东西我在衣橱里已经存放了一年多，一次不曾穿过。不穿的原因是因为我的腰部已有些多余的脂肪，不够紧致，不能很好体现羊绒衫原本的收身造型效果。而我的那位小同事恰好胸部线条完美，腰部紧实柔细，穿上以后非常漂亮，非常性感，很浪漫，很迷人。

小同事问我，徐老师为什么自己不留着穿呢？我告诉她，因为我的腰部不够紧实，她认为我对自己要求太苛刻：您的腰多细呀，还要怎么着呀？！我说，没有你的紧实呀，这件衣服需要的是你那样的腰身效果呀！

面对这件我十分喜爱的好东西，我选择了放弃，因为穿上之后会暴露我腰部的多余脂肪，而随着年龄增长，消除那些脂肪已经非常困难。也许对于许多人而言，多一点点脂肪又怎么样呢，没什么大不了的呀。确实，如果我们不在意，完全没有问题，但是我在意，我也希望更多的女士在意，只有在意，才会在衣着的选择上严格把关，才能更好地使身体扬长避短。合适的衣着不是最贵最时尚的衣着，而是最能扬长避短，最能凸显自身优势，同时遮挡自身部分不足的衣着。没有谁完美无缺，杂志封面上的完美天使人间罕有，否则哪来的"魔鬼身材"一说呢？

我们经常看到一些人的装束不甚得体，这种不得体并不是指过分的暴露或者其他尺度问题，而是指衣着效果不漂亮，过多暴露了自身的身体弱点。比如：双腿短粗的女士，偏穿了一条七分裹腿裤；臀部又长又大的女士好穿短小上衣；个子矮小的女士戴一顶奇特夸张的大帽子……虽然这些显而易见的错误并不是人人都会犯，但对自身身材缺点放宽尺度、自我宽慰，却是每个人都可能犯下的错误。

怎样的身体才算漂亮？怎样的比例才算和谐？衣服与身材之间的关系究竟如何？我们只有掌握了清晰的概念，才知道自己购买衣饰的依据到底是什么，才不会人云亦云，才不会成为流行风潮的盲从者，甚至牺牲品。

人们或许都听到过这样的句子，用于评价某人：哎呀，看她得从背影看，后面看好看，转过身来吓死你！在这种评价语言里，身材好不算好，脸蛋漂亮才是根本的漂亮。我想，这种审美同我们自身的民族传统有很大的关系。中国，乃至整个东方传统中，女人的身材始终是一件深藏不露的私人物品，尤其在儒家礼教束缚下，越是大家闺秀，其身材、肌肤越是不能见人。于是，在以往对女性的评价标准中，几乎没有"身材"的概念，而是代之以仪态、举止等整体的观感和评价。在这个评价体系中，女性的面容占有了绝对的权重。与此相似，日本女性繁复的和服里面究竟包裹着怎样的身材，恐怕没有几个人知晓。反观西方，对女性身材特征的凸显，是贯穿整个西方服装发展史的主线。袒胸露肩、收紧腰肢、夸张臀部的装束，在欧洲宫廷里曾经被夸张到可笑又可怜的程度。随着社会进步、妇女解放，女性服饰也越来越简洁、自然，但是如果细心留意便不难发现，对女性身体美感的强化和凸显，一直是设计师锲而不舍的追求。与此相应，西方对美女的欣赏和评价中，对身材的注重远远高过东方。

这种对女性身体的一遮、一露，一含蓄、一张扬的对比之间，既是东西方文化的差异所致，却也暗合了东西方女性身体条件的特征。也就是说，相比较而言，西方女性的身材更适合暴露，而东方女性则不那么适合——至少在今天的时尚标准下，东方女性具有一定的"先天不足"。

在今天的时尚标准下，怎样的身材才算比例和谐?

第一个要紧的概念便是：人的身高应该是自身的七个或七个半头长。这是一个非常重要的比例概念，达到了这个比例，人的整体会非常和谐，反之，则需要我们通过服饰的校正来加以改变。

我们可以拿一根软绳，从头顶开始比量，头顶至下巴为一个头长，下巴至胳肢窝延长处为一个头长……一直比量下去，直到脚底部。也可以量出头长后，用自己的身高数除一下，如果恰好是七个，证明你的比例和谐正常，达到七个半，身材已经相当不错，若能达到八个甚至九个头长，则接近亚洲人的魔鬼身材。西方一些著名的模特儿，比如英国的坎贝尔，居然达到了十个头长，完全不可思议（看到这个报道的时候，我几乎不相信自己的眼睛）。

亚洲人普遍头部偏大，达不到七个头长的人大有人在。这个数据的意义是什么呢？达不到这个比例的人通常腰胯偏长，四肢偏短，这给穿衣戴帽提出了更高的要求，换句话说，不是任何版型的衣服你都可以尝试，你在购买衣饰的时候，一个明确的目标应该是，如何让自己的身材看起来和谐，达到七个头长。

对于那些达到了七个头长的人呢？以我自身为例，我的身高正好七个半头长，在普通人群中算不错的，但离最理想的八个头长还差半个。什么样的人会达到八个？芭蕾舞演员、艺术体操运动员等等，这些专业要求从业者必须达到这样的比例，否则艺术表现力将受到极大限制。达到八个头长的人，一定头小脸小，四肢修长，一眼看去便超越普通人，显得十分扎眼突出。眼下所谓"巴掌脸美女"备受推崇，除了符合脸庞俊俏、五官精致的时尚之外，脸小、头小，以至头身比例完美，可能才是更重要的原因。而俗语中显得相当刻薄的所谓"五短身材"，在词典中的正解不过是"指人的身材矮小"。但是在人们的普遍理解中，所谓"五短"，理当是指四肢短加上脖子短。所以说，头身比例不好的人，首先短在四肢，达到八个头长的人，必然长在四肢。有了这样的概念，我们就知道如何修饰自己了——所有修饰手段的目的，首先应该围绕着如何让自己的双腿看起来修长一些，以达到更好的头身比例的视觉效果。

除了头身比例，还有一些局部比例也是我们必须掌握的，比如头肩比例，头颈比例，这直接决定了我们的衣服该选择怎样的领型，衣服的肩宽到底该是多少。

好的头肩比例应该是一比二，即肩宽等于两个头长。上面已经说到，亚洲人普遍头大，能达到这个头肩比例的不是十分普遍。我们招收新闻主播，便比较看重头肩比例，因为镜头只拍出主播的上半身，肩窄则显得头大，于是头肩比例不但决定了人物镜头比例是否和谐，也向观众暗示了主播的身高。在屏幕下见到我的观众，几乎无一例外地惊讶：看电视时觉得你应该是个大个儿，没想到你这么小巧！我总是暗中得意：爹妈帮忙，给了我一颗小脑袋，使我具备了一副身高不高但比例和谐的身材。

对于没有达到一比二的头肩比例的女性，衣服的肩宽便不能太窄，头发的造型也不能过大，否则就是比例失调，无论在屏幕上还是日常生活中，都达不到愉悦的审美效果。

这几年市场上流行窄肩上衣，无论是套装还是裙装等，肩部都偏窄。我的头肩比例正合适，而当我穿上这样的窄肩衣服，因为改变了我原有的协调比例，怎么看都不顺眼。我一直不明白：设计师们到底是怎么想的呢？

唯一的解释应该是头大显小，显得年轻，现在不正流行穿小一号衣服，让身子变小，使自己看起来更年轻么？

人处在婴儿期的时候，头部几乎占到了整个人身长的一半。随着生长，躯体的生长速度远远高于头颅，头身比例逐渐协调起来。所以，那些看上去发育不完全的人，总给人年少长不大的印象，因为他们的头身比例，没有达到正常成年人成熟的比例。

我做过试验，将正常肩宽与窄肩衣服二者反复穿脱比较，窄肩衣服确实让我看上去更年轻，但与我在屏幕上一贯成熟大气的气质相背。我固执地认为，比例协调是审美的最重要因素，尽管改变比例会使自己变得年轻，但那种改变始终没有被我接受。所以这几年我总感叹买不到合适的职业装。

　　头颈比例指的是头部与颈部的比例关系。好的比例应该是颈长是头长的二分之一，达不到这个比例便是常说的短脖子。脖子短会使人看起来有挤压感，不开阔，而且脖子短的人通常看上去不高，哪怕他（她）实际上算个高个，视觉上的高度也因此受影响。

　　高领衫、立领衫等高领型造型的衣服都是短脖子必须回避的，适合短脖子的最好领型就是V字领、香蕉领，有明显拉长脖颈线的视觉效果。平时穿衣服，可以将衬衫等随意揭开一两颗扣子，既能拉长脖子，也显得性感潇洒。除了领型拉长以外，还有一点便是衣服颜色。如果是夏天的单件衣服，则最能显示拉长效果的颜色，应该是同自身肤色构成最大反差的颜色，对比度越大，拉长效果越明显。若是其他季节，则内层的衬衫、毛衣等应该尽量接近肤色，外衣则拉大与内层衣服和肤色的反差，这样，视觉上脸、颈和内层衣服连为一体，在外衣大反差对比下，形成拉长脖颈的效果。

　　现在的许多时装设计，在领子上做了许多花哨文章，高堆褶皱，层层繁复。这样的设计无疑会强化短脖子的缺陷，因此无论怎样时髦怎样流行，都应该做到视而不见。而且脖子较短的人，脸型大都偏方，方型脸看上去有理性刚毅的印象，同花哨、柔美、甜润、浪漫等诸多装饰感之间不相协调，所以短脖子的整体造型应该简洁，简洁是第一要素，身上线条越是简洁，视觉越是清爽，越有延长伸展的效果。

　　短脖子穿衣服还要谨防垫肩过高，除了西服类，其他的一律都不要垫肩为好，防止出现三个脑袋的视觉效果。平时还要格外注意身体的姿态，多做昂首挺胸之势，保持双肩下沉。短脖子是最不能驼背的，驼背必然脖子前伸，那样整个人便没有脖子了。

在这几个比例关系之外，还有一些概念也是必须了解的。我在一些地方讲课时，曾经问到过这样一个问题：腰长臀长的人究竟应该穿长上衣还是短上衣？无论我面对怎样的学员，哪怕就是高级白领，我得到的最好回答也仅是一半人正确，一半人错误。错误的人认为，已经腰长臀长了，当然应该穿短衣服，否则不会更长吗？正确答案当然应该是长衣服，而且一定要长过臀线，如果再把衣服的腰节线有意向上提一点，视觉上便根本不知道你是否腰长腿短，还以为你仅仅是偏好穿长衣服而已。腰长腿短是身体比例的一个最大缺陷，这个缺陷一定要仔细藏好。一年四季，我们都可以找到长过臀线的衣服，如果还坚持穿高跟鞋，坚持不露小腿（七分裤是无论如何也不能穿的，等于又把小腿锯掉了一节），我们便可以掩饰得很好。实在想穿裙子，裙长也不能过膝，还必须在膝上两寸，加上高跟鞋的辅助，腿部可以显得不太短。因为腿短的人大都没有腿脖子，如果裙过膝盖，只露出一截没有腿脖子的小腿，效果就实在太糟糕了。

再谈臀部的造型问题。我们时常看到有人将裤腰系在衣服的外面，让整个臀部暴露无遗，这就牵涉到怎样的臀部可以露，怎样的臀部不可以露的问题。理想的臀部造型应该是圆浑短翘，呈上窄下宽的梯形结构，大小适中。就人种而言，白种人的臀部效果理想者较多，黄种人臀部恰好扁平、长方者居多。这种让人哭笑不得的差异，提醒我们在穿着上要善于藏拙，达不到理想的效果我们就藏起来，不露谁知道呢？当我看到一些人臀部已经长成田字形，又平又大得一览无余的时候，心里就会有一种冲动，想告诉露臀人，别这样穿衣服，把该藏的藏起来吧。

低腰裤现在之所以流行，不是低腰裤有多么舒服，腰腹部有脂肪的人穿低腰裤一点也不舒服，而是因为低腰裤能很好地修饰臀部效果。穿上低腰裤，臀部立刻变短，削掉了一部分扁平，剩下的部分便显得圆翘，低腰裤的修饰原理就是这样。

如果穿着者对自己的臀型满意，愿意将穿了低腰裤的整个臀型露出来，那么还有一个条件便是腰部必须柔细，而且臀上部没有赘肉。还应当穿尽可能紧紧贴住上身的T恤、上衣，以显出腰身，否则从上到下如圆木一般，一根上下一般粗的圆木多难看呀。

特别提醒，腰臀间有赘肉，穿低腰裤是非常危险的，胯上的裤腰会将赘肉挤勒得更加突出。有些女孩子穿着短短的露脐装，任那些赘肉暴露在外，实在是有失优雅的。

说到穿裤子，顺便提一个小问题，千万不要将内裤边痕显露出来，十分不雅。现在的包臀无痕内裤很多，选择余地很大，完全可以很好地解决这个问题。可能现在很多人并不在意，露痕现象比比皆是。有些人内外裤都穿得很紧，清晰地看到内裤把臀部勒成两半，十分难看。现在模特儿走秀，为了不影响衣服的表达效果，走秀时都不穿内裤，直接穿条长丝袜，在关键处垫上卫生护垫即可。如果我们夏天的裤子过于浅淡轻薄，模特儿的经验是可以借鉴的。早在上世纪六七十年代，法国女人就已经这么穿了。

另外，夏天穿较紧身的T恤类衣服时，应避免让背后的胸衣露出勒痕，那样十分不雅。年过三十，有些人可能更早，如果不有意锻炼，背后的脂肪便开始堆积。上身脂肪增厚，胸衣在背后勒出印痕是非常自然的，这种情况下，其实就不该再穿较紧身的衣服。胖子穿紧身衣，其效果就是越穿越胖，因为脂肪被勒得清晰可见，胖子反而要穿宽松宽大的衣服，看上去虽体积大些，但人们其实并不知道你有多胖。请记住这一点，别让别人看出你身上的肉痕。

写这一章的核心目的，是希望读者在掌握了身体的比例关系和结构要点之后，能对自己苛刻一些，真正懂得扬长避短，不任性而为，不挑战自己的弱点。人只有在高标准上才会有高起点，如果自己对这些结构标准无所谓，甚至想，多数人不都长成这样吗？露就露吧，无所谓的，在这种心态下还想成为精致优雅的女人，就十分困难了。

再次重申，高标准才会有高起点，高起点才会有领先一步的超越效果。

现在回头看我将那件十分喜爱的羊绒衫送给小同事，其实就是高标准要求的结果。我不能让人看到我腰间的赘肉，哪怕一点点也不行。

小贴士

1. 除非身高条件好，而且小腿紧实修长，一般情况下，最好不选择七分裤。

2. 下身着浅色长裤，有拉长下身比例的效果。白色、米色、浅灰色，应该成为春夏长裤必备。在穿高跟鞋的情况下，裤长以离地面一公分为最佳。

3. 下身肥胖、超大结实的人，不要穿任何面料的紧身裤，最好选择宽松宽大的长裤，一定搭配高跟鞋。为了使视觉效果协调，鞋跟不必太尖细，三至五公分高度的方圆鞋跟最好，以免有鞋跟不堪重负的嫌疑。

4. 个子不高，臀部不小的人，不要穿裙裤。身高一米六五以上，臀部较小的人，可以尝试。

5. 夏天轻易不穿长及腿肚子的半长裙，会使腿部看起来很短，冬天可以搭配靴子一起穿。如果身材缺乏修长感，最好也不穿。

6. 着装忌讳上下比例等长和上下宽松度一致。比例方面或者上长下短，或者上短下长；宽松度方面或者上宽下紧，或者上紧下宽。身形条件很好、没有多余脂肪的人，可以穿上下都紧致的着装。例如：紧身裤搭配紧身T恤，很时尚，很性感，很青春。

7. 窄胯胸高无腰身、上下呈圆柱形体型的人，少穿腰身收紧的衣服。窄胯的人通常肩圆肩窄，上衣应尽量避免过于柔软的面料，多选择造型硬挺的着装。

8. 腰腹部有明显脂肪堆积的人，上衣不要选择短款，越短越难看。

9. 手腕细致圆润，气质娴雅的人，可以选择七分袖，其他人不必贸然选择，手露青筋的人更加不可以。

10. 肤色黑黄的人，一定远离棕色、咖啡色系的颜色，会使你的皮肤更加暗黄，多选择纯白、各种蓝色以及浅紫色等，会使你的皮肤干净均匀。黑皮肤的人穿黑外套搭配纯白衬衣，会格外时尚漂亮。

11. 皮肤透明白皙的人，基本没有颜色禁忌。

12. 同V形领相比，圆型领更能衬托女性的妩媚。所以领口部的线条最好呈现圆弧形，位置应该在胸骨最上方处。这个原理适合T恤、衬衫、颈链等。

13. 如果穿抱脖高领（也有人把它称为烟囱领），以包住整个颈项，直抵下巴为最佳，效果最为优雅。

14. 以上两条，对短脖颈的人不适用。

点滴披挂是文章
——怎样选择饰品

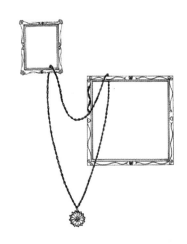

搜罗我们的记忆，会发现许多人的胸前都佩有一根珍珠项链。中国的女官员尤其如此，而且项链的造型，长短，珠粒大小，佩戴方式几乎一模一样。所谓一模一样，都是在西服外套里，配一件低于锁骨半寸的内衣，然后在内衣上方挂一条仿佛统一发放的单圈珍珠项链。珍珠是好东西，晶莹，华贵，温润，高雅，但唯其高贵，它自有其所需的特定处所，随意搁置反而起不到任何装饰效果，还会糟蹋它的品相，甚为可惜。

由统一佩戴单圈儿珍珠项链，自然令人想到怎样的饰品佩戴才是锦上添花的明智举动。从没有见过这方面的教科书，但一些心得还是可以交流的。

从人的需要而言，相对于服装，饰品是第二位的需要。有人崇尚简洁，终身不佩戴任何饰品，也未见得不是一种独特的风格。正因为饰品不是必须，在人的整体装扮中常被忽略，人们对饰品投注的心思也相对较少。很多时候，我们会见到这样的场景，有人整体装扮完毕后，发现耳部、胸部，或者手部缺少一点装饰，于是搜罗自己的全部饰品家当，也找不到合适的搭配，只能心存遗憾。

饰品是使女人更加女人的点睛之笔。人类对饰品的喜爱几乎与生俱来。在非洲的原始部落，人们可以衣不遮体，但饰品随身可见，它们可以是兽骨，可以是树枝，也可以是泥土，总之，人们在本能地用各种办法，使自己的身体看起来更加美丽。

再想象我们盛唐时的女人们，她们的全身挂满了怎样的装饰，金银珠宝，满目华贵，佩之随步生风，好不摇曳婀娜。

现代中国女性对饰品的迟悟，也确与中国曾经的生活水平密切相关。三十年前不仅饰品，稍多一点的衣裤都是奢侈与梦想。我们确实是在解决了温饱之后，才对衣裤有了更多的要求，才对如何穿好衣裤、穿对衣裤有了更多的理解和需要。走到二十一世纪，我们已经有能力满足我们装扮的第二需要，我们可以为自己储备一些饰品了。

第一，饰品与财富无关。

大多数女性可能有满柜衣裳，但饰品屈指可数。很多人对饰品的购买和占有仍同财富的积累密切相关，我们至今在人们身上见到最多的饰品仍然是黄金。

这种基于远古记忆的认识并不算错，因为从古至今，饰品始终兼有审美和财富的双重属性。迄今发现的人类最原始的饰品，大多采用的都是些既稀有又漂亮的材料，其中的贝饰、金饰，干脆就是当时的货币。用财富装饰身体，用身体夸示财富，是人类最古老的本能之一。即便是在今天，"男人的家当，都在老婆身上"，依然是流传在藏族牧民中间的谚语。游牧之家，居无定所，辛苦积累的财富，没有更恰当的投放途径，于是用价值连城的蜜蜡、绿松石、红珊瑚装饰自己的老婆，也就是在展示男人自身的能力和财富。

但是在现代化的都市生活中，财富的投放和展示途径多样而广阔，饰品的审美与财富属性得以相互剥离，除了那些具有投资功能的珠宝之外，一般意义上的饰品，在很大程度上摆脱了财富属性的羁绊，而获得了更加纯粹的装饰和审美功能。

今天的现实是，越是富裕的阶层，饰品的佩戴越是自由。富裕阶层因为富裕，他们可以坦然选择自己认为漂亮而非真正贵重的饰品，他们不需要用饰品的贵重来彰显自己的富裕，或者说饰品的贵重不是他们身份说明的唯一手段。反过来，平民阶层佩戴金银玉器的现象相当普遍，我们常看到一些劳动妇女的耳部、胸前、手部，挂着成堆的金器，怎么看都觉得那些佩戴与装饰无关。

在这个意义上，为了获得对饰品审美属性更纯粹的感受，我们不妨认为，饰品就是饰品，与财富无关。

第二，佩戴饰品的心情原则。

只要自己高兴，什么材质，什么东西，都可以用来做饰品，任何方式的佩戴都可以尝试，无一定规。

人为什么要佩戴饰品，当然是为了让自己看起来更漂亮。

还有人戴饰品仅仅是因为习惯，在她的装扮配置里，饰品是不可缺少的一部分。

再有的人，佩戴饰品是用以彰显个性。

所以就饰品而言，想戴就戴，十分自由，它在我们的整体装扮里，是最无定规，最随意，同时也是最个性的部分。

第三，如何选择饰品。

饰品无所谓漂亮不漂亮，关键在于对谁合适。

一个朴实无华的人，显然不适合珠光宝气；一个沉静内敛的人，也不适合饰品过于醒目夸张。我们的目的是锦上添花，任何与自身气质相悖的饰品，都是我们毫无顾惜必须放弃的。

女性可以有一些最基本的饰品储备，除了婚戒之外，一条加坠儿的精细的白金项链，对绝大多数女性都是适合的。这种项链的最大特征是精细，正好抱住女性的脖颈线，它会增加女性的精致感，无论在衬衫里，还是在T恤上，白金项链含而不露的气质，看起来都会非常顺眼，尤其适合白领女性。必须强调的是，既然增加的是女性的精致感，项链的质量应该多有讲究，制作粗糙的项链宁愿不戴，不戴绝不可惜。

与项链相呼应的是手链和耳钉。配合颈部的

精细，一条讲究精致的手链也是增加精细感的有效方法，同样手链的体积不能太大，同样也该以精细为上。

当然还有精细的耳钉。作为基本配置，这里强调了佩戴饰品的精致感，我愿意把彰显女性的精致感，作为佩戴饰品的第一审美标准。精致归女性所独有，谁都愿意成为一个精致的女人，很少有人会把"他是一个精致的男人"理解为对男性的很好赞誉。精致代表了一种生活方式，一种生活品位，一种气质意蕴，对于大多数女性而言，缺乏精致，不是她不愿意拥有，而仅是自身不能够拥有罢了。

除了精致，我们还可以前卫，豪放，醒目，夸张……只要你具备那样的气质，怎样都可以。

现在的饰品设计越来越多样化，金属，贝壳，石材，木头，玻璃，塑料，布匹，丝绸……材质五花八门，款式五光十色，为我们表现自身提供了丰富的条件。

这里必须提到一个原则，就佩戴饰品的部位而言，手，颈，耳，胸，足等，不是所有人的这些部位都可以佩戴饰品。比如，脖子短粗的人少戴项链，脸型过于方圆阔大的人少戴耳部装饰，手腕失却圆润感的人最好不戴手链玉镯，脚踝缺乏修长细腻感的人不宜戴脚链，换句话说，刻意装饰的部位一定是自己身体的优势部位，因为饰品会吸引他人的目光，使这些部位更加耀眼夺目。

当然，也有相反的情况。比如，我几乎不戴项链，除非在穿大礼服的时候为了特别的装饰感。我不戴，不是因为脖颈条件不好，而恰是因为脖颈是我自认为的优势部位，既然已经是优势，我认为就应该让人一目了然，无需再用其他东西干扰它。这也是一种思路。

另一个反向思路是注意力分散法。我的手部皮肤很薄，青筋显露，当年好莱坞著名影星费雯丽也同样长了一双在全身看起来最失败的手：骨骼粗大，青筋外露。费雯丽的处理方式就是日常戴手套，她有各种各样数不清的手套，与各类服饰相搭配，春夏秋冬都是如此。半个多世纪前人们的繁富服饰与手套是协调的，而明星略显刻意的装扮在大众眼里也是正常的。但现在不行。我的办法是选择较为夸张醒目的戒指（我的气质中也有与此协调的部分），戒指会吸引人们对手部的注意，但夸张的戒指本身更吸引人的目光，对比之下，手部的弱点反而被忽略，或者印象不那么深刻了。

除了部位的讲究，有些人特别适合某一材质的饰品，比如有人只戴金属饰品，有人倾心珍珠饰品，有人专挑木质饰品。这种专一性，除了特别的偏好之外，说明佩戴者本身找到了与这类材质饰品的共融性，二者合二为一了。这是非常幸运的。

有专属，就必然有排他。有人可以将塑料饰品戴得活色生香，但反之，金银饰品却绝不能上身。

这需要我们自己反复试验甄别，所以，买饰品是最需要闲暇的，切不可随性，心急操切，一蹴而就。

通常来说，如果我们追求严谨高雅的效果，可以多选择珍珠与钻石，饰品造型也不宜过大。

如果追求前卫与帅气，可以多挑些银白色金属质感的饰品，饰品造型可以适度醒目夸张。

如果是浪漫时尚气质的人，则任何饰品都可以尝试，不拘泥于材质，不拘泥

于造型，只要与衣着配合得当，都会有不错的效果。

还想补充一句，有些人富贵得起，可以佩戴珠宝；有些人夸张得起，可以佩戴超大饰品，但仅仅是有些人……

我很少看到能把珍珠项链戴出效果的人。珍珠的高贵与温润，对人的气质、肤质和脖颈条件有太高的要求。在视觉效果上，珍珠和钻石一样，是最为隆重的饰品，但相比之下，珍珠更古典，高贵，含蓄，与服饰的配合度要求更高，否则，草率佩戴珍珠，其效果便是脖子上只挂着一根链儿，而不是珍珠。尤其糟糕的是，当大量的"养殖珠"充斥市场，珍珠已经基本失去炫富功能而沦落为一种"物美价廉"的饰品时，即便是一串"真珍珠"，也反过来需要主人的高贵气质为其"正名"。而若主人不幸不具备那样的气质，则自身已经贬值的珍珠，就很可能反过来拖累了主人的品位。我愿意在这里作为警示，提醒大家。

第四，佩戴饰品的尺度。

是让人一眼便看到身上的饰品，还是饰品与服饰相得益彰，这是个分寸问题。

当今时代，人们越来越多地谋求人与自然的和谐相处，人们的生活方式也在悄然发生着变化，到大自然中去，成为许多人生活的自觉选择。这种生活方式的变化，必然对人们的审美产生直接或间接的影响。崇尚自然，意味着同时摒弃雕饰。仅我对自身的要求而言，在整体装扮完毕之后，我通常站在全身镜前问自己：还有什么可以增加或去掉的吗？这种审视于我是理性而严格的。如果全身色调偏暗，我会适当增配饰品，并且寻求饰品色调与服装色调之间的反差，以达到装饰效果。如果服装的色彩造型已经足够醒目，我则放弃饰品搭配，更多地强调服装效果。由此看来，我对饰品的使用是倾向于谨慎的，我的原则就是在装饰上尽量用减法。

再则，职场女性佩戴过多饰品，尤其一些超大饰品，会对职业气质造成干扰，这也是必须慎重的另一个原因。

一个建议：如果佩戴饰品，最好确定一个重点部位，切忌全身披挂。看看今天自己的衣饰，若留有脖际空间，可选配项链；若衣服是七分袖，手腕条件又好，则可选配手镯……总之，佩戴完毕后，仔细审视，但凡发现稍有多余，宁肯舍弃不用，这里是适用过犹不及原则的。

另一个建议：对超长超大装饰性项链的选择，佩戴者应该多有慎重。气质时尚浪漫，同时脖颈线修长、上身纤柔婀娜的人可以选择，否则贸然佩戴，效果一定不好。

其实，饰品除了佩戴在身上，还可以增配在衣服上。我发现在白色衬衫的前胸、衣领，甚至袖口部位点缀一些银色调金属或水晶小饰品，会格外地与众不同。在我看来，白色服饰与银饰水晶之间是绝好的搭配。我还记得二十多年前读到的英国小说《简·爱》的一个情节描写。主人公——十八世纪英国女家庭教师简·爱生来不美而且贫穷，她唯一的可以见客的衣服，就是一件灰色的没有任何图案的棉质长裙。一天，主人家举办社交聚会，主人罗切斯特要求简·爱将被教孩子奥戴尔引领出来与诸位客人见面。那是简·爱在主人家第一次见客，她拿出了那件平时轻易不穿的灰棉布长裙。长裙很合身，衬出简·爱的身形娇小而可爱。但灰色是朴素的，简·爱想起母亲留给她的唯一的装饰品———个水晶胸针，她将很小的胸针别在衣领靠近锁骨的部位，那点点的装饰，立刻让简·爱有了别样的光彩，布质的长裙也显得不那么普通。简·爱很满意，觉得自己朴素，但是内敛精致，她牵着奥戴尔自信地向客人走去。在一群珠光宝气的贵妇人中间，简·爱的自尊、朴素、节制与精致是那样的与众不同，主人罗切斯特深深地被她吸引，开始了他们之间一段超越阶级、超越世俗的生死爱情。

简·爱的长裙是灰色，黑白灰同属消色，也就是无色，性质完全是一样的。

试试，在身穿白衬衫和牛仔裤的时候，找一个地方，无论是身上还是衣服上，佩戴一个银色金属饰品吧，别太大，一点点就行……

小贴士

1. 金属材质的首饰应该定期清洗，通常卖这些饰品的柜台都免费提供类似服务。

2. 时尚类戒指戴在哪个手指上都无所谓，这里凸显的不是结婚与否的身份概念，而是装扮个性。

3. 身材矮小的人，任何部位都不要戴超大饰品，越精致越协调越有品位。

可念的购物经
——明明白白做女人

我觉得我还是一个舍得为自己花钱的人，但近几年来，我去商场的次数越来越少。不去的一个重要原因，就是随着购物观念的变化和清晰，真正意识到坚持不被流行左右，坚持只拥有真正适合自己的东西，不等于做不到时尚优雅。

巴黎和维也纳，是世界公认的优雅之都。我对这两座城市，尤其是巴黎女子的造型观察，一个最大的体会，就是当我们被巴黎、纽约、米兰时装周刮起的流行旋风吹得团团转，唯恐自己跟不上步伐而遭遇落伍耻笑的时候，巴黎女子们似乎根本觉察不到近在咫尺的巴黎时装周曾经发布过什么，而那种发布又与她们有什么关系。

巴黎女子不穿"潮"的，只穿对的。

我不是想表达巴黎女子做什么都对、都是标准，我只是想说，当我们在购物上不盲目跟从，坚持只根据真实需要做正确决定的时候，我们一生将为自己和家人省下太多辛苦钱。

　　我的一个二十多岁的小朋友，有天背了一个"芬迪"包出现在我面前，我印象中她有一个造型及功能同这个包差不多的"LV"包，除了两个品牌不同的"LOGO"纹饰，其他方面基本一致。我问她：为什么要买两个功能完全一样的随身包呢？一个人同时用不了两个包呀？小朋友似乎有些愣住了，她的表情告诉我：事前她真的没有想过这样的问题。

　　由这个问题引申开，我们可以想想，我们有多少次购物，是在重复购买同一功能的物品，而重复购买的唯一理由就是眼前的"这一个"看上去有点新鲜。

　　好了，前面的话就算是个引子，我想具体说说，我在经过若干年的学习打磨后，如何避免重复购买，我的购物清单是如何确定的。

第一，避免衣服的重复。

　　在所有的重复购置浪费里，衣服是最难以避免的。我的基本观点，除非你的钱多到你买什么都不在乎，或者说购买本身就是你的生理需要（简称购物癖，其实是一种心理疾病），如果不是，那么我们还是学会理智购买吧。

　　如何避免重复购买衣服，有不少人建议：旧的不去，新的不来。我看到这个建议已经很多年，经过自己的多年实践，感受到这确实是避免重复购买浪费的一条黄金法宝。

　　所谓旧的不去，新的不来，是指某一季节的某一件衣服，如果你舍不得把它处理掉（不管是扔掉还是送人），表明你还有继续穿它的愿望，你就坚决不购买同一功能的衣服；要买就先把旧的处理掉，不处理就坚决不买。

　　同一功能的衣服，在一个季节里保持可替换的数量即可，多了就是浪费。太多人都感叹，一件衣服很少穿甚至还没穿，就想把它淘汰，为什么？衣服多了，存放久了，自然不想穿了。现在我坚决提醒自己不再犯这样的错误。

　　为了不犯这样的错误，我们就必须清楚，在各个不同的季节，我们到底需要多少不同功能的衣服。有按照季节来划分的，有按照功能需要来划分的，我的划分是按照功能需要，这样似乎更清晰一些。

　　根据自己的身份和职业需要，我首先满足的是自己的职业装配置。主要是职业裤装裙装、衬衫、大衣、风衣。这其中，职业套装三套，分别为米色、黑色、灰色；衬衫十件左右，白色为主，兼有粉色、素色条纹格子、黑色及花纹真丝衬衫；长大衣两件，一件米色，一件灰蓝色；风衣两件，黑色和米色，长短各一件。

　　为了应对特殊需要，我还配备有一套红色套裙，穿着时间不多，主要用于仪式庆典。

　　其次就是生活着装。生活着装的机动性最大，购买空间也最大，这一部分着装在功能上很多人容易模糊。

　　我觉得除了写字楼里的白领，现在依然很少有人把职场着装与生活着装区别开来，更多人只是把在家里穿的和在外面穿的分清楚。而这是两个完全不同的概念。

　　我认为职场着装即使不一定就是职业套装，也一定是在你个人的衣橱中你最能够穿着上班，而同时最有助于你的职业形象和职业能力形成的着装。

　　个人认为就是裁剪最为简单、装饰感最少、暴露最少的着装。

　　尽管我对许多人将职业着装与生活着装混为一谈表示理解，但我仍建议，如果在意自己的职业发展，请相信，坚持准确的职业着装，对自己的职业生涯一定是有益的。

　　其实我发现，除去职业装配置以外，生活装的配置需要已经非常有限了，我们只需要购买一些休闲牛仔衣裤（两三件/条），T恤衫（三四件），毛衣（三四件），半截及膝小裙子（两条），短款薄厚外衣（各一件），如果再添置两条用于夜晚社交的裙子，真的就足够了。

　　对于一个标准的职业女性，我认为进行上述衣服配置（演艺及前卫职业除外）是理性而实事求是的，覆盖了所有功能需要，如果再多，自己可以仔细甄别，一定就是同一功能的不断重复。

　　而上面我们已经提到，针对同一功能的衣服，我们最好坚守：旧的不去，新的不来。这样我们不仅节约了开支，也不必为衣橱不够用而发愁了。

　　有人会问，同功能的衣服数量不多，会不会因为重复穿着而缺乏新鲜感呢。我们仅以牛仔裤配T恤衫为例，三四件T恤与两条牛仔裤相配，我们已经可以满足四天的短假期需要，如果再有一条裙子作调剂，我们就可以有很漂亮很舒适的假期。如果假期再长，将这些衣服轮回穿一遍一点也不单调呀，说不定在别人眼里，你已经非常亮丽，非常漂亮了。

　　我之所以现在去商场的次数越来越少，是因为每年我都会在季节转换时仔细清理自己的衣橱。我发现，由于我购买衣服越来越符合自身的实际功能和气质需要，我的衣服的耐穿时间越来越长，所以我不用经常去商场。我有一个特点，我是一个无事绝不闲逛商场的人，要去一定也是想好了要买什么功能的东西，直接去该去的地方。

我的大衣、风衣、职业装，因为购买时坚持好品质，选择合适的款型（这些基本储备绝不能跟潮流走，谁跟谁浪费），这些衣服我有的已经穿了十多年，我只需要适时与不同的衬衫配饰搭配，就永远不会有过时的印象。经常有人夸奖我的某一个装扮好看，我便告诉他们，这件衣服我已穿了七八年了，对方的表情通常都是不可思议。

这就是永远买适合自己东西的好处，因为适合，在自己身上永远漂亮。

第二，我们到底需要多少双鞋子。

还是把鞋子按功能来划分吧。

与职业装配套的鞋子：这类鞋子我的主张就是不妨多买几双黑色船鞋，好用。同一黑色要有不同鞋跟高度和款型差异，以适合不同的裤装与裙装需要。此外，配备银色或米色、棕色及灰色船鞋各一双，够用了。

与生活装搭配的鞋子：这一部分鞋子较为自由，以舒适为第一考虑。我喜欢买牛筋底与坡跟便鞋，非常舒适，夏天的坡跟鞋能很好地与裙装搭配；另外我还买有一双米色的芭蕾鞋，穿这种鞋就是为了把自己彻底放下来。这类生活装鞋子只要分别买深浅两类颜色即可，轻易不买花花鞋，十分难搭配，除非自己想诚心玩儿一下，可以额外添置，但我不主张将它作为基本配置来购买。

靴子的用处：无论上班还是日常，靴子都是用得着的，我的主张也是深浅各一双，个子不高的人，不要买半筒靴，愈发地显得个子矮小和腿短了。

第三，我们需要多少包包。

我知道许多人有恋包癖，如同我前面提到的那位小朋友，她买包不是为了实用，而仅仅是喜欢包包。这种爱好我不是太能理解，但确实有许多人就是无条件地爱包。

我为上班配备了黑、棕、白三色包包，造型都以上班为实际需要，方正简洁，做工上好。这三个包已经可以应对我上班的全部需要。

与生活装相配套的包包我配备了三个，两个颜色不同的属万能搭配的手提包，外出吃饭购物都可以，另一个就是旅行郊游时挎在身上的斜挎包，我选择了一个颜色鲜艳的花花包，非常漂亮。

再就是与晚装搭配的小手包，黑色与银色各一个。够了。

可以配备几条漂亮丝巾，一深一浅两条羊毛或羊绒长围巾，一深一浅两双皮手套，够了。

看到这里，是否许多人都发现，自己的配置远比我写下来的这些要多得多，一定是的。事实上，我们远不需要那么多，多的部分一定都在闲置，或者利用率极低。不利用就是最大的浪费，我们为什么要浪费呢？

最后的总结：无论是衣服、鞋子，还是包包围巾等，我们只要分清功能，依功能按实际需要配置，绝不多余，绝不闲置，坚持旧的不去，新的不来，我们一定能够做到体面，优雅，漂亮，节俭，成为在家庭内外均受欢迎的衣着俏佳人。

以小见大
——不可忽视的细节

在我的整体构思中，一些过于细小的在意我不知如何表达时，一个最直接明了的做法，就是像现在这样，三言两语地，把细节问题也提上台面。其实比如表情等问题，很难归结为是细节问题，还是人的整体修养问题。或者说，当我觉得把它叙述成篇有困难的时候，我选择了一个更经济的做法。

注意面部表情

一位男士告诉我他曾经的感情经历时说，他选择离开的原因之一，说起来似乎难以置信，就是他不愿意看到女方脸上经常出现的一种表情，很难看，很不雅，很影响心情。我问那是一种什么表情，他说嘴角往下咧着，皱着眉头，好像哭丧着脸。我问女方通常在什么时候出现这样的表情，他说也没什么特别的时候，比如听他讲话，听着听着女方的表情慢慢就成了那样。开始还以为是什么事惹她伤心，后来发现仅仅是她的一种习惯。实在不喜欢，就离开了。

我当然不知道那位女士是谁，或许她永远也不会明白男友离开自己的真实原因。我在想，如果知道了，她会怎么想？

其实生活中这样的表情并不少，经常挂在一些女士的脸上。之所以下意识地有这样的表情，还是源于小时候这方面所受的教育不够严格。如果初始阶段就被经常提醒和严格制止，完全是可以修正过来的。我们很难在王室成员或大家闺秀脸上看到这种不雅状态，因为人家是经过严格训练的。

其实许多电视主持人都有校正自己屏幕表情的经历，生活中自己并不难看的表情，经屏幕放大之后显得十分难看。经过用心校正，大都能调整过来。所以在这里特别提醒女士，注意自己的表情，注意自己说话的手势，无论是做一个说话者还是倾听者，言谈举止让人愉悦，你会更受欢迎。

我娘的娘家是秀才出身，在我懂事以后，我娘就严格教导我"女儿家脸上不能有败相"，我生的是男孩儿，同样，我也教导他"男儿脸上也不能有败相"。所谓败相只是一种习惯而已，完全改得过来，只要自己真在意。

做好手的保养

手是女人的第二张脸，此话一点不假。在与人的交谈过程中，手的辅助动作是不可避免的，手势是一种身体语言，手势也是一种表情，所以富于表情的双手需要得到我们细心的照料。

纤纤玉指，肤如凝脂，注定是赏心悦目的，但许多人并没有一个先天好的手部条件，手的皮肤与骨骼造型都不尽完美。再好的手部皮肤到了三十岁左右都会开始干燥老化，所以无论手部先天条件如何，悉心保养都是我们该做的功课。

随身带上护手霜是一个好习惯。一天究竟该洗多少次手，是个没有必要探究的问题，手脏就该洗，不洗才莫名其妙。除非盛夏，其他季节洗完手就该涂抹护手霜，涂抹之后双手最好再多揉搓，让手霜充分吸收，同时，也起到按摩和柔软皮肤的作用。

我向大家推荐一款手霜，特别声明，与广告无关。这也是朋友向我推荐的，听说很多人都在使用。这款手霜膏体丰盈，涂抹后手部润滑而不油腻，富有光泽感，而且保湿效果较长。有不少手霜虽说不油腻，但滋润效果不佳，手部也容易干燥，防护功效一般。我推荐的这款手霜隶属JURIQUE，玫瑰香型，名称为Rose Hand Cream，可惜，这款手霜目前内地没有销售，需到香港购买。依据大小包装的不同，价格有所差异，可能比一般手霜略贵，但效果确实很好。

有人在参加大型社交活动前，愿意到美容店做手部特别护理，我认为这样也不错，护理本身就是最好的休息，可以养精蓄锐。另外，我们还在市场上看到各种各样的手膜，但我怀疑在一天工作之后，我们是否还真有精力自己做手膜。我也购买过手膜，但基本没有使用过，因为嫌麻烦。我的做法就是晚上沐浴后，临上床前，在手上涂抹两遍护手霜，将手放在被子里，好好温暖双手，让手霜充分吸收。

在日本，白领不涂抹指甲油上班，被认为失礼。中国或许还没有这样的讲究，但涂抹指甲油仍然成为许多人的装扮爱好。对于完全不做家务的人来说，涂抹指甲油不会有更多的不方便，否则，一定很不方便。比较实际的做法，就是每十天自己都修剪一遍指甲（以免指甲过长），然后涂上浅色透明的指甲油，万一因为做事导致指甲油脱落，也不会因为视觉效果太明显而太过狼狈。

最不体面的做法，就是让自己涂抹了指甲油的双手斑驳淋漓，那种起于修饰又毁于修饰的效果，实在令人目不忍睹。与其不能保证指甲的完整修饰效果，还不如赤手裸指，至少看起来还有一份干净。许多女性不在意这个细节，认为指甲油脱落是正常的事，任其脱落，直至自然脱完为止。我必须说，这是有失体面的，一旦指甲油出现剥离脱落，要尽快修补或清洗，效果必须完整。

除非特别的效果需要，一般情况下，人们并不需要将手指作过于醒目的装饰，干净、润泽、指甲富有玉贝般的晶莹感，有这样雅致的效果就已经很好了。

另外，别忘了天冷出门一定戴上手套，闲暇时，多让手部呈上置姿势，就是让指尖朝着天空方向，这样可以预防血液过于充盈，而使手部青筋外露。

让鞋面永远干净

记得苏联电影《莫斯科不相信眼泪》里面有一个场景，男女主人公在列车上相遇，彼此并不认识，男人坐在女人的对面，跷起二郎腿，一双沾满尘土的皮靴让女主人公觉得刺目和反胃。女主人公想，这是一个没有生活品位的人，日子过得注定糟

糕，否则怎么穿上这样一双肮脏的鞋就出门了呢。

这个细节给我印象极其深刻，一个连擦鞋的心情或习惯都没有的人，日子当然是不讲究的。

中国人讲鞋袜半身衣，那是指在全身装扮的配合上，必须要有合适的鞋搭配全身，否则，脚下没鞋，穷了半截。现在穿鞋不是问题，穿得是否干净讲究成了问题。这既反映生活习惯，也反映对生活品质的追求程度。人的习惯和意识常常是一套的，不讲究鞋面干净的人，大约也不在意衣服上是否有茶渍油渍，是否有脱线抽丝等瑕疵，而这些细节都影响一个人整体的精美度。精致感绝对来自于对细节的在意和讲究。女人不能没有精致感，缺乏精致感的美感一定是不完美的。女人就该精致，这是我一贯的主张。

戴上墨镜再出门

墨镜就是遮光镜，让你的眼睛以一种柔和的方式进入到自然光下，不因为眼睛遇光遇风而过度眯张或流泪。眼睛四周的皮肤厚度只有脸部皮肤的十分之一，这样的娇嫩与脆弱是需要我们格外精心保护的。

有人以为只有明星出门才需要戴墨镜，因为怕被公众认出，行为活动不方便。我想说的是，戴墨镜仅跟自己的生活习惯有关，跟是不是名人明星毫无关系。相反，有许多公众人物并不习惯戴墨镜。墨镜的作用就是遮挡，如果你认为自己的眼睛需要保护，尽管保护好了，别的方面实在无需多虑。

我现在早已习惯出门就戴上墨镜，镜片颜色可深可浅，久而久之，不戴眼镜我便像少了一样东西似的，觉得眼睛缺少了防护，而惴惴不安。这真的只是习惯，但我认为这是一个好习惯，如果你在皮肤保养中会注意购买和使用眼霜，那么出门戴墨镜就是对眼部最好的防护。

墨镜或者说非视力矫正类眼镜，其实也是很好的装饰品。在同自己的整体装扮配合中，眼镜会起到意想不到的效果。如此说来，在自己能够承受的范围内，不妨多准备几副眼镜，与不同衣着风格相匹配。

有人发现黑框白色镜片的眼镜有遮挡黑眼圈的作用，所以今年许多公众人物纷纷带起了黑色镜框眼镜，因为公众人物常常熬夜，眼圈发黑是常态，戴上以后确实起到遮挡和分散黑眼圈的作用。只要你愿意，你也可以这样遮挡和调整自己，不必在意是否过于装饰和不自然。现在是一个开放和多元化的社会，尽管张扬自己，自己觉得舒服就行了。

随身必带的化妆品

1. 一小瓶保湿喷雾。
2. 唇膏或唇彩。

保湿喷雾可以随时补充水分，让面部看起来清新湿润。在皮肤的各种视觉效果中，我认为滋润感是第一位的。再好的肤色肤质，缺少了滋润，就缺少了生命力。

唇膏和唇彩可以让自己在任何时候都不至于狼狈。实在来不及打扮自己的时候，只要涂上唇膏或唇彩，不仅自身顿增光彩，也向别人表达出了你打扮的愿望和作为，即使是聚会或公务活动，也不至于尴尬失礼，还让自己赢得自信与自在。

　　另外一件我常年习惯携带的化妆品就是润唇油，滋润感当然包括了嘴唇。我经常看到一些女士，唇纹干燥，质感枯瘪，心想，女士们经过了怎样的辛苦，才会让自己显出这样的没有水分。干裂的嘴唇是操劳与疲惫的象征，最消解女人的从容感和优雅感。有时我发现，即使脸上不适用任何化妆品，只要涂抹上乘的唇油，同样使人看上去生机勃勃。这也是滋润感带来的魔力。

　　我推荐一个润唇品牌，首先声明，我的推荐与广告无关，仅仅是我常年使用后的心得：KIEHL'S，这个品牌的润唇膏质感润滑，涂抹后极具光泽，而且伴随产生丰盈感。这个品牌目前内地没有卖，若有朋友同事到香港出差，可托他们购买。特别声明，不贵。

第二部分

一种诗意的栖息

一种诗意的枯忍

我的一天是从早晨侍弄阳台上的花草开始的。起床的时间可早可晚，视头天夜里的睡眠而定，再晚也不过八点多。

严格地说，我只养了些草，而且都是些好养的平凡贱草，比如吊兰一类。我对花的兴趣一般，一是花开花谢总有个间歇的时候，没了花，花桩子也变得难看了；二来养花需要更多的仔细，那份仔细是我付不起的；再则，除了百合，偶尔还有玫瑰，让我真心喜欢的花类确实不多，不喜欢自然更懒得养了。

养草却是另一回事。我尤其喜欢那满眼蔓延的绿。从绿萝、白雪公主、滴水观音，到吊兰、万年青、凤尾竹，我家的整个阳台和客厅都被它们占满，一年到头绿着，生机着，从不懈怠。养草似乎可以粗心些，我有一盆吊兰，放在原先住处的阳台上，许久不管，偶尔想起只给点水，吊兰居然依旧生气，开着纤秀的小花，分出许多的枝条。搬来新居后，我试着把那枝条上长出的兰剪下来分栽，也只是给点水，分栽的兰居然活了，活到现在又分出了许多盆，家里的阳台、条案上摆得到处都是。条案上的吊兰分出枝条的时候格外风雅，枝条垂吊着，摇摆着，长长短短，显得有韵致极了。也许是把草养活了，现在看见新鲜的绿叶类植物我便想买，屋里已经无处可摆，这才想起凡事还是有节制的好。

阳台上除了绿草，还有一把沙发椅，给草们浇完水，除掉杂叶等，我便坐在沙发椅上晒太阳。秋冬的太阳正好切合了我起床的节奏，在我侍弄完绿草，太阳刚好走到我的阳台上。晒太阳的时候，一杯上好的绿茶必不可少，有时早餐就在阳台上吃，吃完了继续喝茶。我的工作时间是下午和晚上，上午的光阴对我最为紧要，没有特别的要紧事，上午是轻易不出门的。如果阳光不是很强烈，上午我通常就在阳台上看书，那时的心境一般很静，绿草们围绕着我，空气也被它们湿润着，家里也是安静的，几个小时下来，只觉得惬意。

上面这段文字不记得何时写的了，现在看来，当时竟有一种诗一般的心境。我想那种记载，是为了留给将来的自己看的，使现在的我一想到那时的我，便能够历历再现。

我多少算个浪漫的人，我的浪漫在于我可以舍弃许多现实的诱惑与吸引，而选择一种我看来最为紧要的相对自由的日子。还是在青年时期，便记住了一个意思：心为形役。心想一旦心为形役，缺乏心灵的自由，活着便失去了生气和意义。所以，我对自己的要求之一，便是在自己能够承受的范围内，最大限度地摆脱外在的羁绊。为了达成这个心愿，有些取舍是必然的，所以在某种意义上说，我又是相对超脱的。

超脱的代价，是自己与现实的相对疏离。这种疏离不一定人人都喜欢、都能承受，但对我却是个比较舒服的状态：活在现实中，却又随时可以离去。这里面并没有虚无和厌世的成分，相反我是那样地热爱生活，我只是在寻找一种让自己觉得舒坦的方式。

在我的表述中，多处用到了"相对"一词，说明我是一个了解自己的人，我确实做不到纯粹，我的一切都是相对的。

曾经同一位著名的心理学教授座谈，他谈到在心理学意义上，人的成功就是人最自然的本性得以实现和满足。换句话说，人的最好状态便是遵从人的喜欢，喜欢做什么就做什么，自己感觉愉快就是最大的成功。名画家范曾先生说过八个字，也是他的人生哲学：一息尚存，从吾所好。从这个意义上说，我认为我基本还是遂了自己的心愿活着的。

我主张女人尽量活得诗意些，少些物质和名利的追求，让自己更多沉浸于喜悦的心灵感受中。心灵的喜悦才是美丽的真正秘方。

对我而言，我为自然变换欢喜，为生命健康欢喜，为音乐悲喜欢喜，为读书养心欢喜，为独处静思欢喜，为餐灯下家人的团聚欢喜……为这一切的欢喜而欢喜。

行者无疆
——行走是生命的另一种形式

书架上有一摞书是与旅游相关的，多是希望去的和已经去过的一些地方的人文历史。比如西藏，比如新疆，比如法国、以色列等。

许多人都希望此生不工作，却捡得了一笔意外的财富，让自己能够全世界行走。我也一样。

直到现在，我去过的地方仍不算多。有些地方去过，也只是蜻蜓点水。但是毕竟，看过一眼与完全没有看过不是一回事，对那些兴趣不高的地方，看一眼也许就可以了。

但是，真的还是走得太少。

因为工作的原因，每年的假期大多无偿地交还给台里，发了狠想休假的时候，都用来旅行了。

我一直留恋在法、德等国家开车转悠的日子。那是在伊拉克战争结束后不久，我第一次体会到，换一个环境，人真的可以在另一个时空找到一种完全不同的心境甚至思维，而将自己的过去全部遗忘。那时我已经工作了二十多年，我渴望从一个职场女性的身份，转换成另一个无所事事的看客。虽然异想天开，好比画饼充饥，但哪怕只是暂时的转换和遗忘，于心境都是极好的调剂。

除了那些人所共知的城市和名胜，更让我流连难忘的，是在阿尔卑斯山脚下的农舍里度过的一周。每天早晨走上阳台，远处是皑皑的雪峰，近处是起伏有致，仿佛绒毯一般铺展开的草场。几头牛散落着低头吃草，脖颈下的牛铃远近高低地彼此呼应着，像是空谷间悠扬的乐声。那时租住在一幢三层别墅式农舍的三楼，一二层分别住着一位年老的农妇、一位年龄稍小的女房客，和老妇的儿子、儿媳。每天早晨天光刚亮，就听见小夫妻发动汽车和车轮碾过门前的卵石路面逐渐远去的声音。等我们稍晚出门时经过一楼客厅，总能看到老妇和她的女房客坐在沙发上吸烟、喝茶、闲谈。那一种平静、规律、自然的生活，和我们已经习惯的现代化都市生活，实在是天差地别。

从那以后我一直耿耿于怀，想象着每年都有一段日子属于另一个时空。后来幸运地做了一个绕着新疆走一圈的节目，走了一万六千公里，愈发把心走野了。比如此时，阳春三月，我想象着江南的烟花细柳，池塘中悠然自在的水族家禽，漫山遍野望不过来的满眼翠绿，还有春天里随心播种的点点希望……我又想走了。

旅行，就是在一个于己完全无关的世界里，寻找自己与这个世界的对比与联系。这种寻找并非有意，而是不知不觉，在不知不觉中完成对自我的体察与丰富，从而体验有别于习惯与日常的另一种人生。乐于这种体验的人，是对人生有更多好奇与想象的人，是能够因为精神体验而淡泊物质与利益诱惑的人。

人在旅途中会变得格外超脱、格外包容甚至善良，因为一切都与己无碍、与己无关；人在旅途中也会变得格外聪明、格外敏锐，因为一切都需要自己重新打开视界。为了这聪明善良的另一个我，以及这个我带给本我的惊喜与收获，多少人就这样着了迷似的不断上路，不断行走。

在这样的人群中，有人把行走当成了生命的一种形式，似乎生来就是为了行走；有人把行走作为日常生活的一种穿插，让行走成为间歇性的生活需要；有人对行走没有切实的需要，只是偶尔向别处看看，看到不同，便发出一声惊叹……想了想，我大概属于第二种，没有行走者超脱，却比惊讶者执著。

只要离开自己日常生活的小圈子，任何地方都是想去和可以去的。虽然十里不同风，百里不同俗，但人总希望去些更远的地方，若世上真有那种连自己想都想不到的地方，那便是最好的去处。不过我还是比较实事求是，我看重体验，只要换个地方，与不同的人说不同的话，我就高兴。

记得某年同先生一起在绍兴呆了两日，在那个空气中都浸满了黄酒味儿的小城，我俩终日在街头走走停停，走累了就寻一处酒馆坐下，然后喝酒，然后微醺而归。

碰巧，那两日正赶上越剧一百周年，去了才知道，印象中柔媚雅致的越剧，发祥地竟然是绍兴。来得早不如来得巧啊，无意中闯入一个民间剧种的老家，仿佛无意间自己也在寻根问祖。因为自小就喜欢看越剧听越剧，那种意外的惊喜让我兴奋异常。而更让我惊喜的是越剧名角茅威涛正在当地领衔主演《梁祝》，而且仅剩最后一场。实在是无巧不成书，平素想看名角演戏，除了演出机会，还得时间合适，在北京演出的许多好戏，大都也只是心里想着，看成的实在不多，这次是无论如何也要看的。费力找来了票，还是很好的票，坐在剧场靠前的正中央，等着名角登场。

一个名角常常救活一个剧种。我始终认为茅威涛是现今最好的越剧演员，她在舞台上的"范儿"令人心驰神往，我有时会情不自禁地跟着她在舞台上的一招一式起伏。她总是那样恰到好处地，将你需要的情绪、情感、韵味、张力，完完整整地送达给你，一点不欠，一点不盈，让你过瘾，让你满足。看名角演戏，是可以真正懂得一个词的含义的，比如"光芒四射"。

茅威涛版的《梁祝》是新排的，舞台上的许多场景借助现代舞台的表现手法，显得华丽空灵。尤其化蝶一场，在灯光的透视下，蝴蝶竟然在舞台上漫天飞舞，如梦如幻。

当地正在举办各种庆祝活动，空气中除了微醺的黄酒味儿，就是不知从何处飘来的穿街走巷的越剧水腔儿。就在住处旁边的街道上，看见十几个人在摆场子，有人已经扮戏，虽然粗糙，但透着自娱自乐的郑重。大多数都是净着脸的，穿着家常的衣服，他们并不演戏，只是一段接一段地唱。唱好了一段，先歇着，时间让给下一个，下一个唱完了也歇着，等着再下一个唱完。一遍轮过，再等着第二遍上场。他们都是住在街道里的平头百姓，约好了那天唱半天戏。戏迷中有年长的，更有年轻的姑娘。他们说，绍兴人个个爱越剧，人人都唱戏。晚上在公园的一些角落，果然看到绍兴人的戏瘾大得了得，不仅唱，还自带扩音设备，唱给更远的人听着才觉得过瘾舒服。

越剧是柔媚的，虽然不乏激越，但终究是柔媚的。往常印象里，江浙人说着吴侬软语，唱着柔媚声腔，以为那一带人的性格也就是柔柔的。去过绍兴才知道，绍兴人不仅人人爱越剧，而且人人爱喝酒。绍兴出黄酒，绍兴人家常喝的

酒，是用可乐瓶在酒店里装回来的，几块钱一大瓶，餐餐在饭桌上放着。我们在一户人家尝了一口，味道断不比北京大超市几十块一小瓶的差，还更多些质朴。绍兴人得意地告诉我们：酒有这样就很好了，花不了多少钱的。

爱喝酒，性格自然也豪爽。以前总认为那一带的人，尤其男人，白面素净，性格多偏阴柔细腻，不曾想，说话宽音大嗓，豪气冲天，竟也是那一带男人的群体特征，连带着女子，大多都利落得很。江浙历来出文人雅士，过去当地文人入文社，还有个不成文的规矩，喝不过五斤黄酒的，自己自行回去，入社之事自不再提，可见文人也十足豪爽。

受他们的感染，我和先生除了在酒馆喝酒，竟然也豪情万丈，没有找到可乐瓶装酒的地方，便拎着一个大坛子回宾馆豪酌。喝黄酒，需就茴香豆与醉鱼，在甜绵劲涩的酒味中，才体味到茴香豆与醉鱼的妙处。平时在北京商场买到这些特产，白嘴吃了也就吃了，总不得要领。这两样东西唯有与黄酒配合着，才更显得酒是酒，豆是豆，鱼是鱼的。

绍兴人认为黄酒可以养人，常喝有益。两三日的微醉而归，使黄酒成了我们现在日常的佐餐饮品，不多，二三两左右，既是助兴，又全无酒意，甚是愉快。

类似这样的在一个地方呆上两三天，傻吃傻喝傻看，又在杭州山西等地复制过。这是较为低成本的走法，山西干脆就开车去了，随心所欲走走停停。到山西，最要紧的是把心里惦记着的几处古迹认真地看了。有个地方叫悬空寺，完全建在半山腰的悬崖峭壁上。现在看来不光是建，即使是想也需要足够的胆量。现代建筑的高大怪异早已比比皆是，而要论建筑的奇险卓绝，还是古人更胜一筹。当时我颤颤巍巍地爬上去，在那些两人便不得错身的斗室里便想，好好地，只有在这里才能安心修行么？可见人为了磨炼自己的意志，想出了多少有悖于人的原始欲望和需要的招数，而在这样的招数实践中，又隐含了多少凄苦孤寂与辛酸悲凉，又或者，是度过艰辛之后与佛又靠近了一步的大欢欣？

坐车开车四处看过一阵，便想着该用自己的双脚走着看了。不知道这是不是旅行的必然境界。我现在的兴趣更多就在两只脚上。用脚走的最大好处，就是各处都可以看得再细些。旅途劳顿，吃苦自然少不了，但更多还应该是以苦为乐。或许乐于用双脚的人，大都有着检验自己意志的天真想法。现在白领的都市生活已经把人消磨得软软塌塌，除了被潮流裹挟着在功名的阶梯上努力攀爬，自主的精神意志，和用于劳作的体力，已经不堪一击。选一个目的地，看自己能不能凭双脚到达，是否就是这一群人磨炼意志力的最好理由呢。我这样想过，而且买了行头，平日里爬着山，到时候就打算上路了。

我想，不管那是个什么地方，被自己一步一步有意丈量过，一定就是自己心中最神圣的地方了。

旅行断然是增长见识、提高心智的，另一个时空的全新体验，会作用于现实时空的诸多方面。比如去过美国，我才知人类社会竟可以获得那样的发展；去过古巴，我知道了人的快乐真的可以与物质无关；去过欧洲，我才知节制与古典的生活是多么地富有尊严……

我还想知道，在战乱与极度贫困之下，人的生命是怎样的脆弱与卑微；在远离人类文明的地方，人究竟以怎样本能的方式与自然斗争，又和睦相处……

另一个时空可以给现实时空提供答案，至少也在丰富着答案，我想，这便是旅行的真正意义吧。

小贴士

1. 旅行前，最好对目的地做个先期了解，看书，上网，了解自己将去到一个怎样的地方，以免到达之后心中无数。目前已经有许多专业的旅游网站，或各种分类细致的BBS。如果是自助旅行，除了可以上网预订机票、车票和旅馆、酒店之外，还可以在BBS上下载各种"路书"。这些路书由去过你预定目的地的"前辈"们撰写，并可能经过他人的不断丰富，具体、实用。

2. 如果是有意行走的人，一些功能性的装备必不可少。从防雨到防晒，从速干到保暖，这样的产品像"三夫户外"等一些专业户外店里应有尽有。如果是初次购买，可以找一个懂行的朋友一起去，或者向店员详细了解。一些专业店的服务员懂得不少专业知识，可以向他们多请教。不过不要过于相信店员的蛊惑，把装备弄得过于煞有介事，而是应该根据自己的实际需要，选择必需的装备。

3. 格外强调一双好鞋的重要性，在所有的装备当中，我首推一双好鞋。如果仅是正常旅行，普通旅游鞋就可以；但如果行走距离较远，或者可能在非铺装路面行走，甚至爬山，则最好选择专业步行登山鞋，它会对你的双脚起到很好的保护和支撑作用。这种鞋抓地牢固，不怕险阻，防水防扎，初穿感觉沉重，行走距离越远，则行走越轻松。这种鞋有重型和中轻型之分，一般情况下，选后者就可以了。

他者人生

——与影像面对面的时光

按 习惯，拉上窗帘，将家里几乎所有的灯都关闭，只留下一盏，将光线调到最暗；倒一杯红酒，在沙发上找一个最舒服的姿势，我开始与影片相守。这是我独自一人在家的时候，最乐意度过的愉快时光。

这次看的是获得今年奥斯卡最佳女主角奖的凯特·温斯莱特主演的《生死朗读》。已经在金像奖和奥斯卡颁奖仪式上，目睹了温斯莱特获奖后的无法抑制的狂喜，以及在语无伦次的感言中显露出的真实、质朴、毫无雕饰的自然本色。"梅丽尔，你接受现实吧！"她冲着坐在台下与她同时获得提名，获得过两次奥斯卡最佳女主角奖，最近几年仍然新片不断，仍年年遭遇提名的老牌实力影星梅丽尔·斯特里普这样喊道。因为自然率真，台下响起了一片善意的笑声和掌声。斯特里普也笑了，笑得那样友好，那样真诚，让人不由得心生感叹：人性真美！获奖真好！

温斯莱特已经五次获奥斯卡最佳女主角提名。专业人士评价说，温斯莱特每次的表演都在80分以上，因而每每遭遇提名，但最终获奖者应该是那些90分以上的人。有人演一辈子电影，或许大多表演都在及格线以下，可偶有一部意外达到了90分，人家就意外地获奖了。温斯莱特不同，温斯莱特一直是个很好的演员，却始终没有遇上一个让她施展出90分演技的角色。她被全世界熟知，是那部票房纪录达到史无前例的《泰坦尼克号》。而我最早熟悉她，是她在十九岁时主演的由李安导演的英国电影《理智与情感》。十九岁，鲜花怒放的年龄，温斯莱特青春洋溢的脸庞生动而光芒四射。她的表演因为质朴含蓄准确，更因为散发着少女最本真的自然气息，给当时不算年长的我，留下了极为深刻的印象。

终于获奖了，意味着她终于完成了一次90分以上的表演。那会是一个怎样的故事，又会是一种怎样的表演？我充满了十二分的期待。

在我们的欣赏习惯中，《生死朗读》并不好懂，错过了一句台词的领会，或许就对整个剧情的推进产生疑问。

温斯莱特扮演的电车售票员汉娜独身一人，在战后德国的一个小镇上生活着。她曾经在二战时充当过一个纳粹集中营的管理员，在一次空袭轰炸导致的火灾中，不肯打开关有三百名犹太囚犯的教堂，使这三百人全部被烧死。战后，她不被察觉而侥幸生存下来。当年集中营里一名年少的幸存者，成年后在一本回忆录中，披露了这桩惨案。汉娜与其他5名当年的女看守一起被追捕，并以战争谋杀罪接受审判。法庭上有一个关键情节，涉及到汉娜当时究竟是杀害犹太人的组织者还是协从者，这直接关乎最终的量刑。其他5名同案被告，将主要责任推给汉娜，原因是汉娜曾经撰写过一份报告，而这份报告决定了许多犹太人的生死。

汉娜在法庭上睁着一双惊恐无助的眼睛，极力否认她曾经撰写这份报告，而法官表示，只要进行笔迹校对就真相大白，并当庭拿来了纸笔。只见汉娜抽搐着，挣扎着，猛然推开纸笔大声喊道：是我写的！是我写的！

在法庭的旁听席上，坐着一位法学院的见习学生米克。8年前，15岁的米克与当时已经36岁的汉娜，有过一段声色恋情。他与汉娜相处的方式，除了纵情床笫，就是汉娜格外喜欢听他给她念书，并成为鱼水之欢前的必要条件。如今，米克作为法学院的学生，一直在旁听席上痛苦地关注着对汉娜的审判。但直到此时，米克才透过汉娜的举动，恍然明了汉娜深藏于心底的秘密——对书籍充满热情的汉娜，其实是个目不识丁的文盲。作为汉娜本人之外的唯一知情者，米克成了可以帮助汉娜减轻罪行的关键证人。

人性，人的尊严，这时都被推到了一个极端的位置接受考验。汉娜因为自尊，宁愿被终身监禁，也不愿当众承认自己目不识丁；米克因为那段被主流价值观视为罪恶的恋情，而没有勇气去揭示真相。最终，汉娜被终身监禁，在狱中孤清度日。

不知是对青春时代自己纯真恋情的怀念，还是对汉娜无辜受难的自责，成年后的米克开始向监狱中的汉娜邮寄磁带，磁带上全是由他朗读的各种小说。这成了汉娜在监狱中的精神支柱和救命稻草。

有一个场景让人看了格外心酸。汉娜按照录音，从监狱图书馆借来同名小说，对照着读音，在书本上辨认与读音对应的每一个字词，用这种方式开始学习认字。那样执著，那样锲而不舍。她开始识字，开始认识和思考自己。

片中交代的汉娜行为善良，十分渴望和迷恋读书，不是十恶不赦的坏人，她的罪恶是那个特定时代与环境造成的，她本人没有选择的余地，或者说，她没有选择的自觉和勇气。

作为一个一心向善的囚禁者，在关押了二十多年后，汉娜被允许释放出狱。而已经年逾七十的她将回到哪里，哪里才是她晚年的归宿，这是人人都有的疑问。监狱找到二十多年来唯一同汉娜保持联系的米克，希望他能够帮助汉娜。而如何面对自己十五岁时的荒唐恋情，他是否还有勇气和必要来承担这种责任呢？面对因为自尊而深陷牢狱的汉娜，面对老迈而来日无多的汉娜，观众多么希望米克能够迈出帮助汉娜的这一步！汉娜无疑是可怜的，而米克有必要为自己年轻时的荒唐而承担一个人的后半生吗？答案并不是只有一个，米克即使选择回避也在情理之中。而艰难挣扎过后，米克最终还是选择了承担，让观众很松了一口气。但这种承担是非常有限的，仅是生存意义上的——替汉娜找到住处和工作，剩下的，汉娜明知是奢望，却又满心期盼的情感温暖，米克给予了含蓄却明确的拒绝。

彰显温斯莱特深厚表演功力的一幕，发生在探监时刻。那是汉娜与米克分开二十多年后的第一次见面，年少的男孩儿已经完全长大成人，并且身为人父，那个曾经风华正茂的女子也已经变成佝偻老妪。两人四目相对，完全不知所措。凄惶与百感交集中，嘴里轻唤着"孩子"的称谓，汉娜迟疑着，却分明又是十分渴望地，将自己的一只手向桌子那边的米克伸过去。那只手伸得那样富有情感，仿佛蕴含着千言万语：是曾经感情的倾诉么？是对此时米克行为的感激么，是因为长年的孤独，渴望人与人之间的亲情与温暖么？……什么都有了，直伸得人潸然泪下。

而与汉娜期待的相反，米克只是礼节性地与那只手浅浅一握，脸上充满了冷漠，紧闭着双唇，似乎希望会面赶紧结束。在告诉汉娜自己第二天会来接她出狱的同时，米克站起身来准备告辞，而汉娜分明又将自己的身体向他倾斜，那是一个渴望拥抱的明确表示，可米克依旧冷漠着，一侧身，坚决地走了。

这个冷漠，把汉娜推向了死亡。

没有感情，没有亲情，监狱内外的活着又有什么区别呢？在出狱的前夜，汉娜踩着伴随她日日夜夜的录音和书籍，选择了悬梁。

电影对人性的解剖和表达是丰富和深入的。汉娜为了不让别人知道自己是文盲，为了尊严，她选择了放弃自由；而米克为了不让自己的荒唐岁月被人所知，遭人耻笑，在一个生命自由面临被剥夺的时候，他选择了沉默。沉默的代价是二十多年的惶恐不安，是二十多年的良心考问，是竭尽所能源源不断地、仿佛赎罪一般地用录音读书的方式向狱中人表达歉意和安慰。而更有一个情节，加重表现了汉娜作为忏悔者和赎罪者的悲剧：她将自己在狱中劳动攒下的七千多美金，托大卫转交给那位幸存下来的回忆录作者，以祈求死去人们的原谅。但那位身居豪宅的优雅高贵的女士，似乎对汉娜的虔诚赎罪心理不感兴趣，当她知道了米克与汉娜的关系之后，便怀着一丝不易觉察的轻蔑，拒绝了汉娜的心意，并将窘迫的米克晾在一边，走了。女作家选择了不原谅，至死不原谅。

这是我近一段时间以来看到的一部很好的电影，对人物命运的叹息，让我内心充满了伤感与压抑。尽管现实的人生比这更残酷血淋者比比皆是，但艺术的力量，或者说悲剧艺术的力量，恰是把那血淋淋无情地撕扯开来，让你愈加心惊肉跳，愈加灵魂震颤。

温斯莱特的表演是精彩的，准确而到位，获得金球奖与奥斯卡奖当之无愧。

在好电影的世界里，我从来都是幸福的，哪怕我的情感被它纠扯和煎熬。或许因为我这个人缺乏娱乐精神，我的审美从来都偏向严肃，所以那些纠缠和煎熬都是我乐意承受的，或者乐于享受的，因为那有助于我个人情感世界的丰富与成长。

同美国好莱坞标准格式化的电影相比，我更喜欢欧洲电影，其中又以法国电影更甚。法国电影擅长描写人物关系、人物心理、人物情感，法国电影总是十分耐心，不急不躁，法国人对任何不起眼的小故事都津津乐道。那种津津乐道的耐心与细致，以及由此产生的乐此不疲，是简单贪玩的美国电影从业者难以想象的，同样也是现在心浮气躁的中国人难以想象和靠近的。那样讲故事需要技巧，需要耐心，更需要自信，自信观众会听你讲。

法国电影让我耐心听它絮叨的理由很多：首先是人物的生存状态。也许是电影画面时常呈现的某种张力，电影上的法国人总显得有些神经质，这同人们一贯认为法国人拥有的优雅形象略有出入。或者说，即使是优雅，也不妨碍他们神经质；或者即便神经质了，也不妨碍他们释放优雅。这是种十分独特的人文气质，因为独特，所以才格外有趣和迷人。

我曾经在法国女人写的一本书上，看到她这样描写法国人："不少法国女人确是这样：多少有点神经质，任性、歇斯底里得有点不好对付，调情吵闹，大喊大叫……"由此看来，我认为法国人有点神经质并非没有出处。

这样的人可爱吗？不一定，但确实很生动。在他们神经兮兮的状态中，一切情感都易于释放：愤怒，疯狂，无所顾忌地相爱，无所留恋地死亡……一切都是强烈的。我经常被屏幕上的人物吓着，同中国人习惯的大着嗓门说话相反，法国人平时说话永远像自言自语，可是突然，某一个人物就毫无征兆地爆发了，机关枪似的，一句赶一句地，冲着另外一个人物大喊大叫，然后又自我安慰地平静了。

我想说，习惯了法国电影的叙事节奏，熟悉了法国人的精神特质，跟着电影导演耐心地沉静半日，然后猛得一份爆发，是十分过瘾的事。

看法国电影，会得到很好的美学熏陶。法国是个有着唯美传统的国家，比如电影人物衣着及环境色彩的运用，在我的见识里是独一无二的好。法国人用色彩，往往出人意料，然而又合理和谐，这需要十分高超的色彩造诣。当我在平时生活中对色彩有所迷茫的时候，或者色彩搭配陷入平庸与平常的时候，看一部法国电影就会得到很好的启示。

仍旧是一个人，把灯光调暗，这回不喝红酒，是嗑着瓜子儿，可以看好莱坞电影了。需要一份简单高兴和快乐的时候，看好莱坞电影是最好的选择之一。

尽管有《飘》、《辛德勒的名单》、《通天塔》、《掉包婴儿》，包括这次的《生死朗读》等，好莱坞电影的整体气质仍然充满了巧克力般的甜蜜。看看朱莉娅·罗伯茨和李察·基尔的《漂亮女人》，以及《西雅图不眠夜》、《闻香识女人》、《诺丁山》等等，有哪一出不是在人们的满心期待中圆满落幕，皆大欢喜呢。善总是战胜恶，有情人总是终成眷属，所有美好的梦都能成为现实，阳光永远照耀着大地……不管这种表达多么简单直白，多么单纯低幼，但这种表达是令人愉快的，符合人心的基本愿望，因而永远有着广大的受众。

电影本来就是造梦，既是梦，又何必不是个美梦呢？

可能是因为文化相近缺乏好奇心的缘故，在我看过的各色影片中，亚洲电影不多，尽管亚洲有为数不少的好导演，包括黑泽明这样的令人尊崇的大师，但总体从量上来看，看得还是少，所以对亚洲电影我始终有种熟悉的陌生感。

有人说，在所有的文章篇幅当中，千字文最难写。短一些的，意思可大可小，终归不必展开；长一些的，写作者也有展开的余地。唯有这千字文，不展开填不满篇幅，展开多了篇幅不够。别人向我约稿，我最害怕对方限定千字左右的篇幅，以我的文字和思维能力，我写不好这样的文章。

说这话的意思，是想表达为什么自己在闲暇时光，愿意放弃其他选择而专心致志地守着DVD看电影。电影浓缩的都是形形色色的人生故事，既是写动物也是写人生。无论这个故事是关乎一个人还是一群人，他人生命的脚步中总有一步会与自己对应，所以从某种意义上说，看电影其实也是在潜意识里寻找生命的共鸣。

对于一个好的故事，如何在两小时左右讲完，或者如何在两小时内，讲成一个好故事，这是我看电影的一个重要乐趣。前面提到千字文难写，而两小时讲述人物的一生或者一个重要片断，自然也非易事，多少导演为了如何讲故事煞费苦心。有的故事流畅自然，如涓涓细流，从创作者的心里顺流而出。这样的导演通常是内心真正有故事可讲，有情感可表达，创作对他是水到渠成的事，自然而然。我喜欢这样的电影。

一些著名导演的前期作品往往流露出这样的特质。对于一个艺术家来说，初期的创作最源于生命，源于生命本能的表达冲动。这种冲动若幸运地与讲述技巧相得益彰，便最能显示一个艺术家的大气象。我的记忆中，这样的电影往往是饱满的，从容的，不急不躁，不故作深沉，也不故弄玄虚，老老实实，本本真真，一不小心，观众就被他吸引了。

我对于那些不甘心好好讲故事，一心想着花拳绣腿的人，十分没有耐心。我认为他们已经没有故事可讲，或者他们内心已经没有可以打动他们自己的真诚。所以，他们最好的办法就是暂时闭嘴，什么都不讲，什么也不说，沉默本身更令人尊敬。

无论本着怎样的创作主张讲故事，故事都要得以成立，换句话说，被讲述的人物命运要真实可信，即使玩弄象征，也是有根有据的象征，可以理喻的象征。我是个俗人，太小众的玩意儿我欣赏不来。

我始终固执地认为，一个故事被刻意表达得九曲十八弯、难以理喻的时候，不是创作者有多么高于常人的能力和愿望，而是他的故事原本就很平庸，他想哄哄自己，也哄哄观众，他貌似个性的创作其实就是一个平庸者的假象。

艺术，最需要真诚，真诚本身就是艺术。

能否看到一部好电影，是需要运气的。大多数时候，我们可能看到的都是失望。尽管如此，我还是愿意在各路电视剧热闹登场的时候选择电影，花两小时看一个故事，比被居心叵测、一心想着多挣广告费的电视人诚心浪费你几十天更合算。如果一不小心撞上一个好故事，那我就赚了，而且赚得很多。

乐声飞扬
——被音乐鼓舞的灵魂

　　一直希望有一套好音响。搬了几次家，在确定长久时间内不再搬移的时候，我去了音乐器材店。

　　曾经在一位老先生的家里听过一场"音乐会"。老先生七十多岁，退休前是工程师，终身爱好古典音乐，已进入高级发烧友行列。

　　老先生家房子本不大，却专门辟出最大的一间作了视听室。视听室大约十五六平米，一走进去，只见房顶挂满黑色布幔，墙的四周也悬着大小不一的绒毯线毯，门窗紧密，丝光不透。在一堆大大小小的音响机器对面，是两张陈旧的老式简陋沙发，老先生把我们让到沙发上坐下，问我们想不想听贝多芬的《命运》，我们说想，他便随手在几个圆锥状的CD架上熟练地找到《命运》，小心地放进机器里，自己在我们身后找了小椅子坐下，"命运"之声骤然响起……

　　那是我第一次在家庭视听室听音乐，也是第一次感受发烧友对音乐的狂热与痴迷。我不懂器材，不知道老先生的音箱传导出的声音属于何种音质级别，只知道置身于那样一个环绕的音效环境里，我的周身都被音乐包裹着，贝多芬的《命运》也以比以往更强烈的效果撞击我的身心。

听完，我们个个沉默不语，老先生回过神后，又找到贝多芬的《田园》，音乐会继续……

老先生一生除音乐再无所好，老伴儿介绍说，老先生一天至少要在视听室呆上两小时，退休以后时间更长。因为音乐的缘故，老先生空余时间都在淘碟买碟，或者不断完善机器设备，基本不去四方游走，因为四方之外没有视听音乐，老先生注定寝食难安。

再看老先生的面相，一头银发之下的面庞显得清俊超脱，很有些世外之相，当时我便想，难道都是因为音乐的缘故么？

细想起来，我对音乐也有过一段发烧的日子。那是上世纪八十年代初，我还在长沙人民广播电台工作，电台的音乐机房经常会有音乐飘出，为我们的工作环境平添了几分诗意。有一次，一个男高音的歌声，从十几米外的音乐机房穿越过道，传到我的工作间，我不禁浑身一震：这是什么声音？这是谁？！那英雄般的，拥有覆盖天地宇宙神奇力量的声音究竟是谁？我迅速跑过去，一位才从音乐学院毕业不久的音乐编辑告诉我：帕瓦罗蒂！

是这位音乐编辑在听帕瓦罗蒂。他兴奋地告诉我，电台刚刚进了一批音乐带，有世界十大男高音和女高音，帕瓦罗蒂是十大男高音之一，还有卡鲁索、多明戈、卡雷拉斯……女高音有萨瑟兰……数完之后，他急切地问我：想听吗？

之后的相当一段日子里，每逢中午休息，我都到音乐机房，戴上耳机听世界十大男高音女高音，在歌声的间隙，音乐编辑还会仔细地给我讲解，我对美声的

声音概念就是从那二十位杰出的歌唱家身上获得的。不仅获得声音概念，更获得了好声音的鉴赏标准，对我鉴赏力的确立起到了举足轻重的作用。

那是我青年时期一段美好的时光。后来我把不多的工资省下来买了唱机，再有余钱的时候就去买唱片。当时中国唱片总公司出的唱片质量最好，塑料唱片较为便宜，有特别喜欢的胶版唱片我也会买，虽然价格贵不少，但保存时间长。那时没有想过以后还会出现录音机、CD机，只想着好唱片是要听一辈子的，再贵也觉得值得。

虽然从小也在文艺爱好者之列，但真正对音乐有所投入，真正用心听音乐，还是二十岁左右开始的那几年时光。到二十五岁出嫁的时候，我已经积攒了不少唱片，西方音乐为主，尤以西方歌剧居多。

近些年我参加过央视的一些晚会，客串唱过几次歌，听过我歌唱的人，都认为我有不错的音乐天赋，有些专业人士从我的发声判断，我一定是认真学过美声发声的，其实没有。我对声音的全部学习都来自早些年的听，听多了，对声音有概念了，顺着那个感觉去唱，多少就有些像了而已。

我一直认为，没有学音乐，没有从事歌唱，是我人生的遗憾之一。我想我会是个不错的歌者，因为我的声音，因为我的乐感，因为我的悟性，因为我为音乐投入的热情，我会走上一条纯正的音乐之路。

有了在老先生家听音乐的经历后，我便一直盼望能在一个合适的空间里，摆上一套心仪的音响，买最好的音碟，随听随开，延续我曾经有过的音乐梦想……

我不懂音响器材，却对器材心存挑剔。电台、电视台的工作环境，培养了我对声音的高度敏感，那种好器材传导出的声音或纯净，或甜美，或丰盈，或空

灵……让我痴心不已。

器材效果差异之大已经超出了我基本的判断能力，我选择相信专家。一位专业录音师问清我的需要后，告诉我可以选择英国的一个品牌，他认为，即便是音乐发烧友，选择这个品牌也已足以。在我的认知里，音乐就是音乐，我不会为器材发烧，我只希望在自己想听音乐的时候，音箱里飘出来的声音不会构成任何听觉障碍。当然，那注定也会是好东西。

那天，在那个品牌的试音室，我和家人流连了一个上午，在三个不同价位的音箱之间反复比对。最后，选择了一款性能相对均衡的音箱，音色含蓄、温暖、丰盈、清澈，符合我偏重人声和弦乐的要求，加上价格适中，异常欢喜地买下了。

音响送来的那天，于我仿佛是节日。我把预留给音响的位置仔细擦过，把可能阻挡声音传导的物件一律清除，当做工考究，造型简洁方正，涂着赭红颜色的箱体摆在我眼前的时候，我为自己的选择大喜，太漂亮了，与家里的环境完全融为一体。

现在，我十分享受这样的时光：独自一人，将家里的灯光调至朦胧，半靠在沙发上，听音乐在耳边流淌。

每次听西方古典音乐，都会使我的心境瞬间沉静，音乐给我以严谨、理性、深刻、庄严的强烈心理感受，我总是在那样一种特别的情感氛围里，重新感受喜悦与痛苦。所谓的重新感受，是因为那种喜悦和痛苦与日常情感无关，那是一种被从日常剥离而又高度浓缩了的人类精神情感，在那种情感的对照下，日常的情感显得那样琐碎，那样庸常，那样浅白，我为自己拥有和经历的微不足道的小悲欢而惭愧和痛苦。每次听音乐，仿佛就是一次灵魂的受洗，我会因此而泪流满面，也因此而心生欢喜。

一直记得初次聆听柴可夫斯基第六交响曲《悲怆》时的震撼。因为看过柴可夫斯基的传记和传记电影，对这位音乐巨人有较多了解，在这个基础上再听《悲怆》，便愈加地陷入音乐营造的悲怆与痛苦之中。有人曾经在作曲家1891年的文件中找到这部交响乐的提纲，提纲是这样的："本交响曲的构思实质是表现生命。第一乐章全是表现冲动的热情、信心和渴望；第二乐章：爱情；第三乐章：失望；第四乐章以咽气为终结。"

柴可夫斯基是一个真正为了自己内心需要而创作的人。他的音乐中充满他自己生命的声音。从他的音乐里，听者可以看见作曲家真实的灵魂。

我想，人要经历了怎样的痛苦和绝望，才能表达如此深重的悲怆；人要对悲怆有怎样的理解，才能传导出如此撕裂人心的巨大力量。对照那种力量，我觉得自己平庸渺小，我为这种渺小而自惭形秽。那次有关《悲怆》的记忆于我是永久的，因为那一刻的情感体验非比寻常，只有在天才音乐家的创造中，那种庄严的情感才得以呈现。

这样的情感体验，会使我们短暂脱离庸常，而进入更本质的精神世界，逼迫我们更清醒地面对自己。在音乐世界里，我经常陷入自我否定，我会怀疑和批判自己的存在方式和价值，即我是否把自己的时间和思考都用于了有意义的创造。

我对自身许多行为的取舍，通常就是在这样的自我审视中完成的，我会更听从心灵的真实需要，放弃世人热衷而我认为应该放下的东西，让自己的心灵更加自由和快乐，让自己的人生更加纯净和透明。

孔子闻韶乐，三月不知肉味。我们当然没有那样的痴迷与解悟境界，韶乐也已失传，难知那是一种怎样至善至美的音乐。但在这个物质与喧嚣的世界里，音乐，尤其是中外古典音乐确实可以给人纯净而深沉的洗礼，让人在喧嚣之中保持一份清醒和克制，一份纯粹和自然。

无穷"悦读"
——洒满阳光的快乐

今年手边放了几本书，季羡林老先生的《我这一生》、钱理群先生的《我的精神自传》、古罗马皇帝马可·奥勒留的《沉思录》，还有诺贝尔文学奖获得者、德国作家君特·格拉斯的回忆录《剥洋葱》，鹿桥先生的小说《未央歌》……书在手边，读书就成了一桩可以随时随性而为的乐事，或仔细通读，或简略翻阅，皆看你与此书有缘与否。

人在每个阶段的想法都不太一样。在我年满四十七岁的时候，最强烈的感受是，我为这世上有效工作的时间已经不多了，换句话说，社会需要你的时间不多了。按照劳动法的规定，年满五十五岁的女性应该退休，如此一算，我继续工作的时间仅剩八年。这个时间概念给了我深重的压迫感，而仅在一年以前，虽然在世人眼里，四十六岁和四十七岁的女性没有多少区别，但对于个体而言，一年的光阴足以导致许多细微想法的改变和产生。今年，我看到自己光洁的额头开始生长少许细纹，这是以往自己完全不可想象的。我想过自己各处的老化，比如，眼睛，面颊，腰腹，手脚等，但唯独没有想过额头，因为它曾经是那样的光洁，那样的不易被岁月摧残。而如今，额头竟然老了。

我的所有想法都是在这时候产生的，就是在剩下不多的时间里，怎样的生活对自己最有意义。或许我从来没有像现在这样，在乎活着对生命本身的实质意义。这个意义是自己真正认同的，不是源自教科书，也不是源自别人的经验，仅仅是自己的感受和认识，自己的价值判断。因为对生命的真正价值而言，一切外来的评价都没有意义——你知道自己一生是如何活过的，你知道自己为什么而快乐。人活一世，最终感到快乐和知足应该是最完满的境界，只要这种快乐和知足是真实的感受而非自我欺骗。

今年看的书，多是回忆录性质的，这同我的人生感受密切相关。有人说，一旦人进入回忆，说明这个人老了。这话当然不无道理，年轻人是不会有回忆的，要回忆也仅是就某个具体事情而言，不会回忆人生。但我并不因此而拒绝或惧怕回忆，因为回忆使人清醒，尤其中年的回忆，多数是为了清醒的未来而做的准备。换句话说，只有进入中年，人生过半，对人生的思考才有力量，才更接近自己理解的生命意义。这时对生命意义的理解，可能就是自己对生命终极追求最清晰的打量。

在几位老先生的回忆录里，我看到了让我羡慕的人生轨迹，而让我最为感佩和感慨的是季羡林老先生的一生。相对于季老先生一生沉湎于治学的纯粹，我们绝大多数人都活得过于花哨，在花哨的生活中奢侈而无谓地挥霍着自己的年华。这个认知让我产生了一种深刻的痛苦：对年华的挥霍无异于对生命的轻薄，而我们还企图在这种轻薄的挥霍中博取虚名。而短暂的一生，可能就被这样的轻薄和虚妄托浮着，变成一片随时间之河而流逝的浮沫，了无痕迹，也了无意义。反观季老，因为纯粹，他获得了他能在今天的中国获得的所有荣誉，包括那些与他自己内心相悖，也看似花里胡哨的各色桂冠。这些浮名于他或许全无意义，以至于他不得不郑重声明，推拒他自认无力也无意承担的各种名头，但是，社会终于在他即将走完一生的时刻，不问情由地用各种荣誉、名头把他推上神坛。除了当今社会浮躁的造神冲动，和过于功利的某种目的之外，这些纷至沓来的荣誉，却也从反向证明，季老一生对学术的纯粹和执著，在这个时代是何等的稀缺。

我仔细盯着季老先生晚年的一张照片，九十多岁的老先生宛如赤子。赤子可以有两种解释，一丝不挂是赤子，目光清澈无邪也是赤子。在这个世界上，只有初降人世的孩子，才会以本能而无邪的眼神打量世界。孩子的眼睛是最高像素的摄像机，摄录的都是真实。面对如此本能的孩子，我们不忍欺诈，我们更不敢伤害。照片上，季老先生的眼神，就是我们不忍也不敢欺诈或伤害的赤子的眼神。沧海桑田一生，能够使人回归赤子的，便是人的某种纯粹，或者因为纯粹而产生的一种心安。

一幅从赤子回归赤子的图景，诠释的是人生的全部美好。季先生在书里以深情的笔墨写到他晚年与三个小丫头的相遇。季先生之所以深情，是因为他以一种明知的疑问，向人们道出了三个小丫头对他看似无由的喜爱。这种喜爱被老人看重，并惊喜万状。小赤子用本能向老赤子靠拢，老赤子亦用本能与小赤子交融。这种人生图景诠释的也是人生的美丽。

当然，季先生的赤子之心，并非如真正的幼儿那样的自然状态，而是以其一生的思考和修养而进入的自由境界。而在通往自由王国的路上，读书与思考往往是唯一的路径。

古罗马皇帝马可·奥勒留的《沉思录》中有这样的句子："我们应当在我们的思想行进中抑制一切无目的和无价值的想法，以及大量好奇和恶意的情感；一个人应当仅仅使他想这样一些事：即当别人突然问：你现在想什么？他都能完全坦白地直接回答。"换句话说，人的所思所想必须能够随时随地公之于众。这样的思考，无疑必须同时满足两个标准——善的、有价值的。

这句看似平静的话语，给了我极大的震撼，甚至令我无地自容。扪心自问，我们有多少思绪是根本不能与人分享的呢？那种不能分享的心理活动究竟包含了多少自私、自扰、无趣，直至无聊的内容呢？马可·奥勒留的这句话，几乎成了我的精神良药，当自己进入不能与人分说的思绪，立刻会有一个声音从远处出现：停止，思考有意义的事情吧。这样的提醒，未必一定能帮助我脱离凡俗，走向崇高，但至少可以让人对一种崇高而富有意义的生活保持敬意。

对《沉思录》的喜爱几乎无法用言语表达，它成了我的枕边书，一本随时可以打开的书，一本对精神而言永远不会厌倦的书，一本一生都可牢牢依傍的书。

电脑时代，读书几乎已经成为一种即将进入记忆的古典情怀，80后、90后的新新人类，似乎也越来越习惯通过电脑在线阅读。但我依然固执地认为，只有舒舒服服地将自己安妥在一个舒适的角落，手捧着一本"纸书"才叫读书。纸张的触感、油墨的馨香，和白纸黑字、天头地脚等共同组成的那种叫作"书"的物质存在，仿佛才能真正唤醒那些文字所承载的文化。

我知道，这只是一种习惯和固执。但就是这些未必有什么道理的习惯和固执，构成了我们每个人与他人不同的人生。所以，我准备继续固执下去。

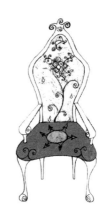

艺术与造型

——在琐碎的日子中赋予家庭以美感

位同龄朋友来家里做客。才进门看了一眼，便脱口道：很好啊！随后我领她在几处房间转了转，走一处，开一处的灯，各处也算看了个究竟。"真的很好哎！"朋友又赞叹道。

朋友说我家有种"低调的奢华"，而且有种不识人间烟火的氛围。我说我们天天在家点火做饭，怎么会没有烟火，随之我又笑笑，因为我是明白她的意思的。

朋友说的没有烟火气，大概是指家里感觉上较为讲究，真过日子也许就没心思那么讲究，或者凌乱，或者随意等。至于奢华注定是谈不上的，在今天这个物质社会，人们都明白奢华的含义，那需要大把的金钱堆砌。别说我们没有，就是有，我也不会选择。

朋友之所以认为我家有种"低调的奢华"，其实是指每一样家具，每一个用品看起来都透着主人讲究的精心，整体印象是含蓄的，而每一个细节又都经得起琢磨推敲。朋友把精致比喻成了奢华，把含而不露形容为低调，综合便成了不那么准确，但我可以意会的"低调的奢华"。

可能更使朋友感慨的，恐怕还是我这个年龄段的人，仍有意趣把家装饰和保持成现在的样子，因而她认为这种意趣相对过日子的烟火气，多少有些奢侈，因为在大多数人的经历中，日常烟火气与不识人间烟火的氛围之间，应该有种难以融合的对立。

女人布置家居，人人都有自己的趣味和爱好，人人都有自己想象和理想中的家。不管那些时尚杂志及新楼样板间如何向我们展示他们的作品，最终我们都必须通过自己对每一样家居用品的仔细筛选，用心组合，才能构成浸润了自我风格与审美趣味的仅属于"我"的这个唯一的家。而这个筛选与组合的过程，其实就是对家的理解，以及对个人审美趣味的一次综合检验。

家首先必须是舒适的，温暖的。从这个角度，我在置家的过程中排斥了那些过于现代感的家具设计。那种家具简洁而个性，尤其一些名师的设计，单看一件作品非常好，可是想到整个家都是由这些或钢筋塑料，或木板硬皮的材质，或直不棱登，或肆意曲张的线条构成，总觉得会多点生硬与刻意，而少了些自然与温暖。

我也拒绝了所有的古典，不管是真古典还是伪古典，不管这种古典是来自东方还是西方，我总以为家居应该是同自己的生活方式紧密相连的，是同自己生活的外部环境密切相关的，当我们的生活方式，尤其我们的内心都不再古典，那种古典的家具摆设，看起来会不会透着某种喜剧与滑稽。不管这个想法多么偏颇，我真的就是这样想的。

尤其西式古典家具，对房间的宽窄高低，或者说宽敞度有相当高的要求。目

前在中国国内市场流行的西式古典家具，其实大多是欧洲古代宫廷家具的"山寨版"。而欧洲宫廷的最大特点，则是宽敞高大。一套巴洛克式的家具置身于凡尔赛宫恰到好处，但勉强侧身于现代都市相对低矮、紧凑的公寓，则难免乡间暴发户镶了满嘴金牙的感觉。况且西式古典家具往往雕刻繁复，清洁整理起来相当费时，每一个细处若不精擦细扫，都会影响家具的整体气质与它特有的排场感。这种心力我是断然耗不起的，而且从来也没有真正喜欢过，总觉得那样布置出来的家会像某个电影场景，或者干脆就是某个刻意撩拨你，唤醒你内心奢华本能的新楼样板间。

至于中式古典家具，这几年随着传统回归，已经渐成时髦，而且由于硬木家具价格陡升，许多人家里都会摆上一对圈椅或一张烟榻，时髦、投资两不误。但中式古典家具看上去固然古色古香，坐上去却极不舒服，那些几乎成90度直角的椅背，要求坐在椅子上的人只能"正襟危坐"，含糊不得。对于贪求舒适的现代人来说，过去的君子之风已经不复存在，与之相适应的古典家具，也就只剩下审美和投资价值。对我而言，家是栖息的巢穴，理当舒适、随意，对中式古典家具，也就敬而远之。

不过，我对古典之风也并非完全拒绝，我的家里也能找到诸多"古典元素"。不过那些古典确实只是作为"元素"，出现于某件家具或家里的某个局部，使家具或家居，变得丰富和温馨。

有了这些认识，再挑选家居用品心里便十分明晰。我家没有成套购买什么，那样会显得呆板和单调，我的家是由我和先生共同喜欢的每一件家具单品构成，而每一件单品之间无论造型、色彩、风格又高度呼应，以避免风格差异带来的杂乱和无序。我的家是时下所谓的"混搭"，既有现代家具，又有经过改良的中西古典倾向的用具，但是每一件都做工精细讲究，而且较有设计感。每一件单品其实也不是很贵，只是在我们能够承受的范围内精心挑选而已。

我们在意每一件家具在家里那个特定位置的宽窄、高低、风格，以及与周边家具的对比关系。比如，我会在平宽的现代感沙发旁边立一个窄高的仿中式小柜，使那个局部的结构看起来错落有致；我会在一个长高形的方正中式多屉柜上，放一盏意大利现代设计风格的蛋形灯，那种方正与椭圆，中式古典与西式现代构成了奇妙的对比关系，而且和谐共存。

必须强调的是，不管我们如何在意家具的风格造型及做工，好用，用起来方便永远是第一考虑。这是家能成其为家的重要因素。我们必须摒除一些虚浮的意象，中看不中用，或者不好用的无论如何都应该放弃。我之所以提到这点，是因为时下的一些浮躁心态，作用于人的日常心理，使人们在日常生活的选择中，也走入不切实际的浮飘轨道。

我也喜欢我家的整体色彩，那是由偏暗的红与偏蓝的灰共同组成。为了使整个家看起来不过于灰暗，某些局部我们又使用了清亮的白，这样的对比之下，整个家庭既富于变化，又和谐统一，大的统一的色彩就是红与灰。

灰色较为沉着，甚至沉重，所以所有灰色家具及用具的造型都极其简洁，以增加其轻盈感与现代感，而红色相对温暖，造型和图案都相对多些变化，以提高整个氛围的温暖度。

灯光在渲染和营造家庭的气质氛围上扮演着极其重要的角色，我认为选灯比选家具更难。面对五花八门的灯饰，究竟哪种风格才是同自己的家具风格最为和谐对应的呢，而且灯选好了，它完全可以成为某个局部的装饰品，产生锦上添花的意外之喜，正因为如此，选灯才成为整个家居布置最后也是最难的一步。

我家的灯都是白色的，纯意大利现代风格，简洁，剔透。根据所放的位置，灯的造型也有圆方曲直等大的不同，但总的风格就是简洁，材质与工艺也称得上讲究。由于灯与屋顶同色，白天几乎隐没，细看却也考究；晚上点亮，则温馨含蓄。这样的选择，源于我的一个基本观念：对于灯具，如果没有把握添彩，则至少不要添堵。当你实在拿不定主意时，宁可删繁就简，造型简洁的灯至少不会成为家中的败笔，因为一旦简洁，它可能就不那么张扬，纵然失败也是有限的失败。反之则不然，比如现在很多人喜欢选用水晶灯，但水晶灯的品质差距之大，已经超出一般人的想象。价格高的，造型艺术而讲究的，对家具饰品要求极高，必须全部古典到位；而价位低的，品相实在难以入眼，无论如何也起不到有品位的装饰作用。况且对于一般的公寓而言，水晶灯的庞大体量和金碧辉煌，本身就嫌张扬，就算选得再好，也很难与整个家居形成和谐的关系。

仅用文字来表述如何布置一个家是非常困难的，我自己的家也不见得多么精彩，只是因为那是我花了心血营造出来的，自己格外喜欢而已，就像爱自己的孩子，那种爱是无条件的。其实更多的我还是想表达一种意愿，就是身为女人，家是一个值得我们用心去经营和打造的地方，我们应该为此学习我们应该学习的知识，从家具风格的鉴定，到造型色彩功能的把握，都需要女主人有较好的审美意趣和实际操作能力，这样我们才能为自己心爱的家人，打造一个有品位有个性舒适而温暖的家，这也是每一个女人的心愿吧。

最后我想说，有品位的家居对下一代的审美成长有着潜移默化的作用，仅为这一点，女主人便有义务让自己的家保持美好，在琐碎的日子中尽量赋予家庭以美感。只要时间和条件允许，哪怕就是为家里添一束鲜花，仅是母亲的这一个爱美举动，孩子都会受益无穷。

那位朋友说我家没有日常烟火气，可能更多的是对这一点的深刻感受，我的爱美意愿已经散落在家庭的每一个角落，从而为日子蒙上一层看不见摸不着的淡淡的诗意……

巧妇与巧为
——用家庭聚餐构建友情氛围

    ❝忙吧，啥时候聚聚，来我家吧，做几个菜喝点小酒呗。"对好朋友，我会这样打招呼。

现在中国社会，人们已经很少在家中做饭请客了。二三十年前因为生活水平低，人们只能在家中请客，而现在因为上得起饭馆，所有熟人朋友间的交道都安排在饭馆进行，虽然省事省心，却少了朋友间的亲密与随意尽兴，天长日久，朋友间总觉得少些什么。

构建良好的人际关系，家宴，或者家庭聚会，是最好的沟通方式之一。

现代的人们之所以不愿意在家中宴请，一是没有时间，二是怕麻烦受累，三是担心饭菜质量有失体面，四是唯恐照顾不周，得罪朋友。

所有这些对女性而言，都是一个必须面对和掂量的问题。

我想表达第一个想法：女人最好会几个拿手菜。

越来越多的女性以不会做家务而自豪，这是一个莫名其妙的想法。过去我们生活水平低，家务劳动是每一个孩子成长过程中无法逃避的，而少数家庭因为地位等原因，家中长年雇有家佣，不会家务成了这类家庭的孩子的一个特殊标识。于是，不管是出于何种原因和心理，不会家务成了尊贵女性的标签，越来越多的人乐于标榜自己不会家务，仿佛都成了豌豆公主，生来便与众不同。

而且现在社会有一个倾向，即使是非常简单的清扫等家务劳动，都愿意花钱请人来做，别人不做，自己绝懒得动手，这样的行为应该称之为懒惰，是非常没有道理的。纵然中国劳动力便宜，使中高收入阶层具备雇人做事的条件，但这绝不等于从此女性就可以把不会家务视为理所当然，并堂而皇之地坚持。西方许多高学历的标准职业妇女，回家以后仍承担大量的家务劳动，在劳动中使家庭产生更多的健康与快乐。

"有品格的女性就是不做家务、不做扫除、过着奢侈的生活——这样误解是不可以的，阔太太、千金小姐与有品格的女性是两码事。有品格和有钱与否无关，重要的是拥有自己去经营有品格的生活的能力。"

这是我在《女性的品格》一书中看到的一句话，作者是日本的一位资深外交官，社会活动家，对她的观点我深以为然，故抄录在此。

我更愿意把现在的不做家务之风看成中国社会成长与发展的一个阶段或过程，用金钱买得轻松与方便，成为许多人都可以享有的便利。但在体验过富裕带给自己的心理感受，尤其在劳动力不再便宜之后，人们终究会自觉地意识到，简单劳动是人之必需，而且是非常自然和美好的事。

可以这样说，当想和家人吃顿简单晚餐的时候，想和朋友在家里悠闲地放松一下的时候，能够毫不费力地、利用现有的原料迅速做出美餐的女性，实在是太有魅力了，说明这种女性具有经营好自己生活的实际能力，这种能力会使自己的家庭生活富有情趣，温暖而甜蜜。

现在的电视烹饪节目和书籍都很多，如何备料，如何烹制，关键点在何处，说得清清楚楚，明明白白，只要自己乐于学习，乐于实践，掌握几样拿手菜是完全做得到的。我个人认为，会与不会，仅取决于意愿，因为这并不是多么困难的事。与其标榜不会做家务，倒不如炫耀自己的拿手厨艺更容易让人产生好感，而且记忆深刻。我希望人们能重新建立这样的认知：不管身份如何，会家务、会做几样好菜的女性是值得欣赏和赞美的，男性为了家庭生活的自然和谐，应该把会做拿手菜的女性，作为择偶的一个因素加以考量。因为事关生活品质，有品格的女性应该学习并拥有这样的生活能力。这同把女性赶回家庭，成天围着锅台转不是一个概念，各位不必误会。

虽然好厨师需要悟性，但一般意义上的好吃真的不太难，一些食材的原味就已经很好，稍加调制便可以上桌。即使像样的大菜不会做，会煮几种汤也相当不错。在家宴上，餐前汤常常会成为最受欢迎的食物，男女老少无不喜欢。老母鸡、乌鸡、猪肉猪骨、羊肉等，同萝卜、莲藕、山药及少量中药材一起炖煮，都可以成为既美味又营养的好汤。即便其他菜品简单点，哪怕就是一些速成食品或外卖，只要有一碗好汤垫底，加上一些下酒的小菜和点心，一顿家宴就不会太糟糕。重要的是，家庭聚会的气氛和情感是其他场所不能代替的，女主人应该有构筑这种情感的能力。

我的第二个想法是：组织家庭聚会并不难。

　　一年在家中聚会三五次，时间应该不是问题，也麻烦不到哪里去，关键是有没有这样的意愿。如果觉得标准中餐太麻烦（常常菜做好了，人也累坏了），客人又多，可以中西兼顾，比如，拌一大碗沙拉，一大碗凉面，炖一大碗肉等等，现在人们的口味适应性很广，也没有多少人一心一意就是为了美味才赴宴，重要的是交流和友情。我多次在螃蟹上市的时候，请朋友来家吃蟹，螃蟹就黄酒，一点花生米和荤素凉菜，再炖一锅好汤，备一些甜点，朋友通常都是酒足饭饱，十分惬意（螃蟹不是人人爱吃，请客之前务必问清楚）。

　　如果希望聚会更有气氛，可以事先拟定一个主题，比如礼物交换等之类的小游戏就很有意思。我的婆婆是个很罗曼蒂克的人，她的家庭聚会形式之一，就是礼物交换。人人备一份小礼物，用包装纸包好、标号，放在一起。然后做好对应的纸阄，各人抓阄按号换取对应的礼物。不管交换到的是什么礼物，大家都十分开心。后来我把这个聚会游戏推广到我的团队聚会上，大家也觉得这个形式很有意思，都乐于参与。

第三个意思是：做一个受欢迎的客人。

　　如果就是哥们儿聚会，那就怎么随便怎么来，怎么舒心自由怎么来，这样的

聚会是最开心，最轻松的。不必在意着装和礼节，平时的亲密关系已经将这些繁文缛节完全过滤干净。

如果不是此类聚会，有些社交性质，那么体面讲究的着装，一份小礼物都是必不可少的。礼物可以是送给女主人的鲜花，一瓶红酒，自己觉得不错的食物，比如餐后点心，或者绿色无公害的粮食和蔬菜产品都可以，我个人觉得这反而是非常贴心的礼物，因为吃得着用得着，实实在在。

聚会时要乐于与人交谈，即使平时有些言谈羞涩。不必非等到别人找你交谈，你再开口说话，这样会让人产生不好沟通的印象。话题可以是热播的电影、电视剧，天气，某个流行现象等等。你乐于参与，不被冷落，主人才会放心和开心，否则，你就成了一个麻烦人物，让主人时时费心挂念。当然，我们的家庭聚会不同于西方的社交聚会，这样彼此不相识的客人是非常少的，如果偶尔遇到这样的情况，请提醒自己，尽量做一个让主人省心的客人。

养植与养心
——"绿坚强"的信念与希望

我执著地养了十多年草，说它们是草，是因为它们从来不曾开花。唯一开花的是一株米兰，那小米粒儿样的小黄点儿，在夏夜的微风中潜散出淡淡的香味，香味甚是优雅，身姿却决然没有半点花儿的妖娆。

除了百合与玫瑰，我其实对花没有特别的钟情，因而从来不曾想过自己应该种花。我种的都是蔓延的绿草，最像草的便是那兰草，那是看似轻贱却又极有风骨的一种植物。在生长季节，兰草的每片叶子都直直地支张着，井然有序地向四周散开，彼此并不纠缠，然后几根稍硬的枝条从草中央婀娜地伸将出来，枝条上开着尽可忽略的羞涩小朵，也是直直的，在空中极力伸展着，寻找着下一个可以落地生根的去处。举目望去，总是有生气极了。

包括兰草，我养的绿叶类植物有二十多盆，从直伸到接近房顶的滴水观音，到搁置案头的万年青，只要是绿的，我都乐意伺候。

我想的是，只要家里腾出空余的地方，我就都摆上绿草，那样家里就有了植物园的样子，终日湿润润的，绿莹莹的，生机勃勃，想着都觉得好。

　　当然，并不是一开始养什么就活什么。我现在的二十几盆应该是用先后死亡的另外二十多盆换来的。那些无辜死去的绿草，现在想起来都颇为心痛。那些原本生长在热带雨林的绿植，在温暖的大棚里可以健康生长，一来到我这样的小家，便严重水土不服，不知是因为肥，还是因为水，抑或是因为阳光，总之它们都先后夭折了。

　　但是，令我感慨万端的是，它们当中居然还有幸存者，唯一的幸存者至今还活着。那是一株手掌木，是我开始养绿植时首批购买当中的一株。买来时它是那样的蓬勃，每一个枝叶都像一个手掌，或像一把小伞，层层地撑开着，伸展着，组成一个巨大的伞柱。随后，不知怎的，我觉得我并没有犯什么错误，它就开始掉叶子了。一片一片，一批一批，每天在地上落下一层，最后落成了光杆儿。当时我想，既如此，就把它打发走吧，可是一掐它的枝干，居然还绿着，而那一杆绿便使它活到了今天。

　　它的复活，应该感谢我的婆婆。正是在它几近夭折的时候，我婆婆建议不如拿到他们工作室去，看看能否唤回生机。我公婆合用的工作室，是那种一排房子共用一个长走廊的格局，走廊南向，有很好的阳光。公婆与他们自中央美术学院上学起就同学、同事长达半个多世纪的老同学们，沿着这排长廊比邻而"居"，平时各自在自己的工作室里埋头创作，休息时则凑到一间屋里聊天、饮茶。现在，同学们都已年过七旬，但大多还坚持每天到工作室上班，同学间的情谊和交流，可能是比作雕塑、搞创作更重要的目的。那排长廊，则成了这些老同学的"植物园"，当初各自从家里拿来的小树小草，在老同学们的轮番照料下，无不生机勃发，生长恣肆。我每去他们的工作室参观，都会为那一走廊不分品种、不辨贵

贱，纠葛在一起向四处伸展的植物们惊讶和感动。

婆婆和我一样是狂热的植物爱好者，那一走廊的绿色生机，就有她最大的功劳，同时她也把那排走廊当成她的"植物疗养院"，凡是在家长不太好的植物，都会拿去接一接生气。

到我们搬到现在的新家时，我的手掌木已经在婆婆的"植物疗养院"里寄养了一年有余，并从一根光杆，重新长成了蓬蓬勃勃的一丛。也许，是周围无数植物共同组成的氛围，给了其中每一棵植物以生机。

回到我的新家之后，我的手掌木却经历了又一次劫难，所有的叶子几乎再次掉光，重新变成了一根光杆。但有了它在"疗养院"里恢复活力的经历，我对它的再次复活充满了信心。果然，在我的精心调养，和逐渐增多的同伴的陪伴之下，它再次起死回生。

至今，它依旧不健硕，但它依旧顽强地活着，像是得了一场大病，等待着久病后的痊愈。每每看见它，我都有些感慨，十多年了，春夏秋冬，它仿佛就是我家的"绿坚强"，默默地存在着，默默地在告诉我，什么是生的信念与希望。

作为弄草人，我必须吸取教训，我希望同一个品种的绿植，在我手里死一次足够，否则我就不再碰它。相对于那些热带植物，干燥而又四季分明的北京确实不是个好活人的地方，这需要弄草人格外的精心。所谓精心，无非是水量的控制，施肥的把握，病虫害的防治，以及温度的调节等，一个环节不好，绿植们或者不结实，或者不茂盛，或者就走向死亡。

我不算一个太好的学生，虽然我经常向卖花人请教，也经常翻阅印有精致图片的书本，但如果我足够用心，我的那些绿植们会比现在繁殖得更快，生长得也再肥硕一些。

　　当我把兰草一盆分作四五盆，拿着它们骄傲地送人的时候，它们风度翩翩的英姿让我充满了成就感，那是送给朋友的最好礼物。我想，随之送去的还有一份美好的心情，朋友一定体会得到，只有饶有兴致生活着的人，才会如此用心地观察和培植生命，那种对自然与生命的在意也一定可以感染朋友，让他们愉悦快乐起来。

　　养花草就是养身心，尤其在当下这种快节奏的生活当中，每天抽出几分钟与花草为伴，就是对生活节奏的一种最好调整。浇浇水，施施肥，松松土，每天真的只需要几分钟，心理感受的生活节奏便大为不同。更不说那每天冒出的新芽带给你的惊喜，那起死回生的生命奇迹带给你的震撼，那满眼鲜嫩嫩绿莹莹呈现的无限生机，自然的回馈是如此丰厚，自然的奉献是如此慷慨，让我们在与自然为伴的过程中，充分享受生命的乐趣吧，在享受乐趣的过程中，让心灵健康起来，丰盈起来，让生活从容起来，优雅起来，美好起来。

　　又是一个春天，又到了种子发芽的季节。我想，那盆绿萝又可以分盆了，我已经为它找好了地方，就在我新增的小写字台书柜的顶端，就让它沿着柜玻璃垂落下来。那种垂落是优雅的，会一直优雅着垂落到我的手边……

小贴士

1. 对于没有种植经验的人来说，初养绿植可以挑选最易成活的吊兰、绿萝等小型植物来栽培，只要在能透过阳光及通风的地方，非成长季节一周浇一次水，生长季节五至七天浇一次水，十天至半月施一次液体肥，植物就可以很好地生长。

2. 建立一个概念：按照人的生长需要来考虑植物的生长需要，阳光、空气、水分、营养、防病治病，做到这些，植物才能有效生长。切忌随心所欲，长久弃置不管。

3. 最好从草本植物开始尝试，有经验后再购买木本植物。木本植物即使树叶落尽，也不要轻易放弃，相信它们的生命力，继续培养，大都有重生的希望。

4. 卖花人不一定都准确了解植物的习性（许多人买卖经验多于种植经验），他们的建议最好只作为参考，闲暇时看看植物书籍，可以少犯种植错误。

养生行为学
——让智慧指导我们走向健康

现在流行一本书，叫《不生病的智慧》，我拿在手里的时候，它已经再版了二十一次。其实在报纸公布的生活类图书销售排行榜中，大众医书总长久占据排行榜首位，我算愚钝的，平时对这些养生术无所用心，从来也没有提醒自己应该精于养生，或者了解养生术于人生也是必备的知识。

还是今年过年的时候回湖南娘家，娘家的旁边就是一家书店。在娘家的几日吃喝玩乐，吃累了便到旁边的书店闲逛。店里十分热闹，拜年歌洞彻大厅，游戏机也不甘寂寞加入其中，轰轰轰，嗒嗒嗒，整个书店更像一个被修饰了的集贸市场。也许是因为过年吧，怕冷清。我这样想。正准备转身离去，猛见显眼处摆了一本《不生病的智慧》，不知怎的，我觉得我应该买下来，假日里看看应该是不错的选择。

这一看，还真的看进去了。

取名《不生病的智慧》是有道理的，最大的道理就是在作者的表述下，看似平常的道理确实有了智慧的含义。而这个智慧是我们平时疏于学习和掌握的，我们的身体也随之无端遭受太多的损伤。

作者认为，我们应该要像对待自己的孩子一样对待自己的身体，那样精心，那样在意，只有这样，身体才会健康长久，人生也才会更加快乐和有质量。

没有人告诉我们，对待自己的身体要像对孩子那样仔细，尤其做过母亲的，知道对孩子需要一种怎样的仔细，孩子才能够健康成长。在作者眼里，人体就是一架精密的仪器，仪器遇到任何细小的阻碍，运作都会受到影响，影响的时间加长，疾病便找上门来。

按照作者阐述的中医理论，仪器受到阻碍，都会以各种方式提醒主人，或是舌苔的颜色，或是手掌的温度，或是气色的涩润等等。问题仅在于，我们接不接受这些理论，能不能够把这些理论作为自己日常生活的指南。如果之前的所有关于中医理论的争论和褒贬，确实扰乱了许多人的认知，那么我以为《不生病的智慧》的作者，确实以她的实践和阐述向人们表明，这种智慧是存在的，是值得信赖和尝试的（我权且算作后知后觉吧）。

有人说，再版二十一次，说明这本书产生了类似宗教的力量。这些天，我不断从各个方面听到人们依照这本书的指点，做着各种养生尝试。一些久已闻之的老说法，比如天天泡脚，天天吃一点当归等，在作者的有力阐释下，也终于走进大家的认知视野，认知，接受，并身体力行。

仔细想来，作者是把看似玄而又玄的理论，通俗而又令人信服地告诉了大众，比如中医讲究补气血，可是没有人真正让大众明白，为什么就是补气血，补了气血人为何就得以健康和无病。作者的养生口诀是：补气血，祛寒凉。作者认为中国人绝大部分属寒凉体质，而这种体质最易导致气血运行阻滞；气血不畅，各种疾病自然丛生。

作者希望人们的饮食和行为方式等，都能依照这六字真经来进行。

作者让我意识到，只要建立了正确的认知，行动其实并不困难，养生并不是节外生枝，养生仅仅是建立一种正确的生活方式和习惯。同时养生并不是老年人所特有，从孩提时代开始，我们就应该知道什么样的生活方式对身体健康最为有利。

作者讲到一个有趣的例子，她说现在办公室白领受孕困难的人越来越多，因为白领丽人们常年处在空调环境中，夏天穿得少，又热衷冷饮等寒凉食物，身体终年处在寒凉状态，那样的寒凉土地，种子又如何发芽呢，受孕困难是非常自然的。

这种形象的说法以及蕴含的道理，大众是容易接受的，同时它还佐证了我在2000年访问朝鲜时得到的一个事实：平壤街头有一道独特的风景，站岗值勤的交警都是清一色的漂亮女性。女交警一律着短裙装，春夏秋冬没有改变。朝鲜到冬天温度会降至零下二十多度，女交警的短裙是断然挡不住那样的严寒的。我去访问的季节已是十一月，秋风正寒，看见女交警站在寒风中，便禁不住为她们抱屈叫冷。朝方陪同人员的回答是：金将军非常关心，亲自把保暖长袜送给她们。在他们的逻辑里，有金将军送的袜子，保暖当然不成问题。而中方陪同人员告诉我，这些女交警年纪稍长离岗后，很多人都生不了孩子，完全冻坏了。可不是嘛，寒凉的土地上种子如何发芽呢。我当时不甚了了，现在看了《不生病的智慧》，才知个中缘由究竟是什么，这时作者再告诉女人，女人养生就是四个字：补血，保暖。听得进去了吧。

对于中医，坊间有着各种议论和争论，尤以方舟子、何祚麻为首的"科学派"质疑最凶。以我的领会，《不生病的智慧》一书中各种建议，大多与其他各种中医理论一样，并非严谨的科学结论，而是基于大量的经验和适度的附会，总结归纳而成。把女性的身体比喻为土地，把孕育中的生命比喻为种子，然后以"寒凉的土地不利于种子发芽"的经验，提示女性应该让自己的身体远离寒凉的环境，就是一个典型的比附。这样的比附，未必经得起科学的考问和检验，却可以作为一种养生观念，提示我们回到自然、健康的生活方式，这或许正是中医的独特魅力。与此相似的理论，还有我从一位老中医那里获得的有关人生"节点"的说法。

因为皮肤持久出现小问题，前些日子找到一位著名的世传中医皮肤美容大夫。老太太已经八十多岁，但面目清秀，皮肤白皙，更难得一副笔直的身板，而且胖瘦适中，说起话来轻言细语，清晰有致，半日坐堂应诊下来，依然精神朗朗。

诊断完后，同老太太短暂地闲聊。她告诉我，女人的年龄以七为倍数，逢七的倍数就是生命面貌的转折点。七、十四、二十一，到二十八岁，女性走向生命的顶峰。从二十八岁以后，女性身体面貌开始走下坡路，三十五岁形成皱纹，四十二岁渐生白发，四十九岁进入更年……而各个节点之间，身体大致没有变化，多数是在节点那一年，自己感觉变化最为明显。

男性的年龄则以八为倍数，逢八的倍数就是生命面貌的转折点。八、十六、二十四，到三十二岁走向生命顶峰，然后开始下降……

我听完恍然大悟。

　　我曾经在三十五岁的时候，很仔细地体会到那个年龄节点带给我的所有改变。第一次清晰地意识到记忆力有所下降，就是在那个时刻。那年看书，我猛然发现自己不像以往那样，能够大致过目不忘，而我曾经是那样为自己的记忆力自豪。

　　不仅仅是记忆力，嘴角两边的肌肉也开始松弛，眼尾出现了细细的皱纹，虽然一切都不甚明显，甚至不被旁人所察，但自己心里十分明了。

　　三十五岁的那种心理历程，被我深深地镌刻在脑海里。后来，我几乎对每一个这一阶段的朋友，都作出善意提醒。我认为，三十五岁是青春将逝仍未逝，中年将到仍未到的关键时期，把握调整得好，会让年轻灿烂的生命状态得以延续，否则，将迅速进入衰老，让许多人皆不愿意正视的中年时代提早来临。

　　经过老中医的"节点论"提醒，原来自己三十五岁时对身体的体察竟是符合生命生长规律的。到四十二岁时，我亦有同样深刻的感受。人人都说女人四十何等可怕，我对四十竟然毫无觉察，直到四十二岁那年下半年，我突然意识到，自己已经进入四十年龄段，走入中年了。

　　我想说，尽管女性7年为一个"节点"的理论未必有充分的科学依据，但它至少可以提醒我们认真关注自己身体的阶段性变化，并针对其变化，在生活、工作、锻炼等方面，作出相应的调整。

　　每一个生命阶段的身体变化，必然带来心理的改变。记得一位男同事，在临近四十岁的那一年，突然地焦躁起来，对年龄产生了巨大的恐惧。他问我，姐姐四十岁时有感觉吗？我说没有，他便愈加地焦躁。其实从男女生命节点来说，男性四十岁对应的应该是女性的三十五岁，所以男同事所表达的焦躁和不安，我其实是十分理解的。这个节点对青春的逝去极其敏感，女性在意容貌，男性恐怕还有更多的生理和心理内容。比如，男性对自己社会身份的认同此时可能更为在意，成功与否会成为左右男性喜怒的重要标尺。

如果仅就心理而言，四十二岁以前的女性，四十八岁以前的男性，恐怕难以接纳自己的中年身份，目前看来，从生理上也确实如此。联合国制定的青年标准到四十五岁，过去总觉得有些奇怪，现在看来这个标准并非凭空想象。

我想表达的是，走过三十五岁的女性，要为自己的后半辈子做一个良好的储备，这里所说的储备，更多指的是身体方面。

进入这个节点的女性，身体新陈代谢的速度开始放慢，许多人开始发胖，而且发胖速度超出了自己的想象。如果没有科学的饮食和良好的锻炼习惯，正常情况下，发胖基本不可遏制。

我们会发现很多这个年龄段的女性为发胖发愁。仍然是我的一个同事，因为担心发胖影响工作，采取针灸减肥的方法。这种方法就是依靠针灸的作用，抑制人的食欲，从而达到不吃仍然不饿继而减肥的效果。同事十分高兴地告诉我，她五天之内减掉了五斤，我问她几天里吃东西没有，她说基本没吃，言语之间透着骄傲，认为自己毅力惊人。我认为，这种减法是杀鸡取卵，绝对不可取，搅乱肠胃功能不说，减下来人也未必漂亮，尤其脸色注定难看，失去面目颜色的苗条是没有意义的。

苗条确实使人看起来年轻，而减肥的最好办法还是锻炼。我记得我正式进入健身房是在三十八岁，因为我发现如果再不采取断然措施，我的发胖将势不可挡。我甚至想都没想过，要用不吃不喝来控制体重，我知道那种办法完全没有意

义，因为除非终生节食，否则一旦开戒，之前的所有节制都付诸东流，这种赔本买卖我是断然不做的。

锻炼的好处自然不必再说，我最深的体会，是锻炼带给人自信和快乐。健康的生活方式会使自己心情舒朗，同时这种舒朗也会作用于环境，使自己的工作和生活环境变得愉快友善起来。

锻炼的另一个好处，是自己的自觉节食。一次较大的运动量以后，人的食欲会本能地受到抑制，那时人通常不愿进食大鱼大肉等高蛋白食物，而倾向于较为清淡的食品。尤其自己心存减肥意愿，这种选择会变得更加自觉自愿。这样每周锻炼三次，三个月左右，体重自然下降，再坚持下去，一个长久苗条的身姿就出现了。

从那年进健身房到现在，我总是随性选择自己喜欢的锻炼方式，体重和身形也不再有太大的变化，只要有机会，我仍遍尝人间美味，这些都是锻炼带给我的，我为此而快乐。

如果我们在三十五岁开始锻炼，无论是生理还是心理，我们的青春期都会随之延长，而为下一个生命节点留出空间。同时，因为明确三十五岁记忆力开始衰退，可以有意食补，或者有意通过背诵锻炼记忆，总之，面对每一个生命节点的到来，我们若做到有备无患，便能从容度过每一个节点，让生命之花持久灿烂。

我现在已经开始阅读有关更年期的书籍，同时坚持锻炼，合理饮食，为下一个生命节点作准备。无论生命以怎样的面目呈现，我想，以我目前的心态，我是无所畏惧的，一想到这点，我便不由自主地感到欢喜。

其实，仅仅是一个认知，仅仅是在认知指导下的一个行为的改变和坚持，我们的身体就会获益良多，我们的健康也会因此更有保障。美丽的首要前提是健康，如果说美丽是一种坚持，那么健康又何尝不是一种正确生活方式的坚持呢。

小贴士

1. 因为信服了作者的教导，为了气血充盈顺畅，也为祛除身体的寒凉，我现在天天用热水泡脚。具体泡法就是用高桶盛水，让稍烫的热水淹过小腿（过去没人这样告诉我们），浸泡半小时。这半小时像作者说的，我的身体会出汗，面目会发红。这半小时我或坐在电脑前，或者拿本书，或者什么都不做，就是闭目休息。然后走到淋浴下，冲掉身上的汗水，上床睡觉。我每晚下班回到家里通常在十点半左右，然后用一个小时的时间卸妆，泡脚，淋浴，让身体逐渐进入休息状态（这种时间花费我认为是非常值得的）。我发现自从我坚持泡脚之后，我的入睡能力大为改观，换句话说，我比过去容易睡着觉了，这对我就是一项了不起的成就。

2. 我还有一个小尝试，就是在泡脚的同时，给脸贴上面膜，因为泡脚加速血液循环，面膜吸收比往常好，第二天化妆师就发现，我的皮肤状况相当不错，滋润，饱满，有光泽，很容易上妆。

3. 每天一勺"固本膏"。固本膏是《不生病的智慧》一书中介绍的一个验方，男女老少一年四季适用。具体配方和做法是：阿胶半斤、核桃仁一斤、红枣一斤半、黑芝麻一斤、冰糖半斤、黄酒二斤。所有材料粉碎、蒸熟，产品为黑色膏体。每天早晨加入牛奶、米粥等，作为早餐。长期服用可补充气血，固本养颜。

不算题外的话
——与女主播、出镜女记者们交流

市场上曾经有本时装书，名《衣仪天下》，作者是我的好朋友沈宏。某天我们央视的几位资深女主播在一起开会，说到这本书及衣着话题，敬一丹建议我，能否写一本诸如"衣仪屏幕"的书，把我多年来在屏幕上的穿衣想法与同行作个交流。

这个建议对我是个很大的鼓励，但铺言成书实在有些吃力，我不是着装与形象设计方面的专业人士，只是从业三十年，有些心得而已。

现在的许多屏幕现象使我意识到，或许我们确实应该多一些这方面的交流，故今天在此专门辟出一个题目，所谈所涉，都是为了使我们的屏幕表达更加准确和精彩。或许这个题目也适合一些高级白领，以及一些常需要与媒体打交道的新闻发言人。

在我2006年出版的《女人是一种态度》一书里，我曾写到一个题目：我理解的职业装。在那里我谈到了高级白领们究竟应该选择什么类型的职业装，今天在此不做重复说明。我觉得谈概念是件费力不讨好的事，从概念到概念也未必真解决问题，虽然我认为许多问题就出在概念模糊上。

我拣出几个屏幕现象来分析，可能更加直观一些。

偶尔看到云南电视台的一个旅游节目，女主持人在演播室穿了一件薄透的横纹吊带宽松衫，露出整个肩部与双臂，因为薄透，衣衫里面有一条棉质背心，下身穿短及膝盖的牛仔裤，脚穿白色半高跟船鞋。主持人的头发随意在脑后挽个发髻，双耳悬挂一对超大金属耳坠。整个打扮很像在街头闲逛的购物女郎，其装饰特征就是闲散和无所事事。我认为，作为一个职业女性，将这样的装扮带到屏幕上是极不负责任的，对职业形象十分有害。

能在电视台出镜主持的人，大都受过良好的高等教育，"白领丽人"是社会对这个群体的共同认知。知性、文雅、有品位，应该成为这个群体的基本形象特征。上述女主持人的失误，在于模糊了职业女性与街头休闲女郎的身份区别，将日常休闲穿着用于职场着装，从而削弱了节目的审美品位和应有的郑重感。

之所以有这样的失误，可能也源于主持人对旅游节目的理解。她或许认为这是旅游节目，应该穿得随意休闲些。但这个认识的误区在于，介绍旅游并不等同于自己就在旅游，重点在于介绍，自己的身份仍是工作人员身份，而不是旅游者身份。既是电视台工作人员，在大庭广众之下穿怎样的衣服才适合自己的身份，就不难判断了。对吊带透明衫等衣着，自己会很自觉地排除在出镜时的考虑范围之外。

旅游类节目当然可以穿得轻松一点，但无论怎样轻松，职场女性的职业特征是不能模糊的，换句话说，你的穿着取决于你所从事的职业，而你的穿着又标示着你的职业。针对旅游节目，可以选择衬衫配裙子，或者连衣裙，也可以是不太紧身的针织衫配裙子，或者休闲西服配裙子长裤等等，颜色可以选择得明亮一些，这些对旅游节目都是合适的。在室内公共场合，除了晚礼服之外，职业女性穿着露肩露臂等过于袒露的衣服都是不合适的，都有损职业形象。

举例二，我曾经与众多同行一起参加一个盛大仪式，这个仪式在某剧院的大舞台上进行，地点与场合都决定了着装的正式与隆重。男性在这种场合着装比较容易解决，一套成套的西装不管质量如何，一般都不会有太大问题。女性的选择范围相对较大，可以是晚礼服，也可以是西服套装，还可以是旗袍等民族服装，核心在于郑重，要有仪式感。

那晚我的女同事们的穿着普遍趋于"保险"，所谓"保险"就是在正式与非正式之间犹豫不决，许多人唯恐过于隆重，而选择了上下多种搭配的非正式装束，整体效果自然削弱了仪式的隆重感。

如果在西方社会，或者港澳台地区，那样的场合女士们一定会着晚装，因为时间地点场合都有明确的指向，也就有着明确的、约定俗成的着装规则。因为我们对这套礼仪还在学习与接受过程中，还没有形成公认的规则，于是我们选择了"保险"。事实上，这种但求"保险"的矛盾心态，已经给我们带来许多尴尬的经历，也"创造"了许多只有我们才有的独特着装形式，比如男士穿成套西装但不打领带，女士穿小礼服但外面再套一件针织衫等等。

尽管如此，个人终究拗不过环境。如果我们确实对将要出席的场合没有把握，因而不敢选择晚礼服，那么还可以掌握如下规律，以尽量在郑重与随意间找到真正恰当的折中：裙装比裤装更有仪式感；套装比非套装更有仪式感。于是当我们需要出席某种场合时，至少应该选择职业套装，以保持最起码的郑重。有了这样的认识，针织衫配裙子，有着高跷般厚底的时髦高跟鞋等装束，就完全不会在那样的场合出现。那是随意的日常着装，而非仪式着装。

类似的例子还很多，突出的印象是某些从业者对镜头前穿衣服的分寸把握失当，或者明确知道应该穿哪类服装，却又穿不出应有的品位。

由于职业的关系，我的同事中有一大批奔波在世界各地的女记者，日常播出进行的视频连线，也让我对这些出境女记者的着装，有着深刻的印象。接下来我愿意专门针对这些出镜记者的着装规律作一点分析。必须说明的是，近几年来，出镜记者的装束已经有了非常大的改进，职业化倾向越来越明显，但细细追究起来，仍然有改进的余地。

首先应该明确的是，记者出镜采访时，既具有典型的职业身份，却又处于特殊的工作状态，比如室外、田野、甚至战场、灾难现场等等，其职业身份与工作状态之间，可能存在一定的矛盾，因此出镜记者的着装，具有一定的独特性。

出镜记者可以这样来配备自己的着装：

第一，以休闲西服配裤装作为自己的服装主体。

这样着装的好处在于，基本可以适应所有采访场合，而且行动方便。很多服装店或服装品牌会单独出售职业女上装，配穿一条牛仔裤，既干练又职业。由于牛仔裤都较为贴身，与牛仔裤搭配，西服上装最好略微宽松些，不能太紧身短小，否则全身显得局促，而失去职业感。一些夹克装也非常适合室外田野采访出镜，但前提是夹克风格不能过于嘻哈，应该是那种装饰少，裁剪简单的简洁风格。

第二，多准备几件夏季穿着的衬衫，数量最好能满足连续一周的采访出镜。

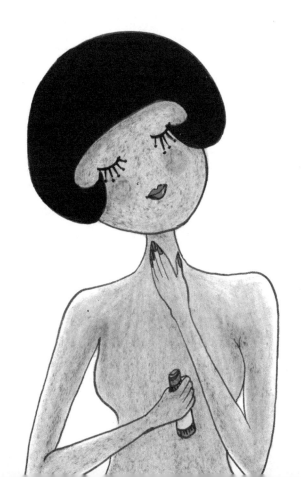

衬衫也以裁剪简单的标准衬衫为上，尽量去装饰，越简洁越职业，而且一定要洗熨得当。夏季无论在怎样的场合（战争或灾难等极端环境除外），都不应该穿着无领T恤出镜，或者说，只要考虑到自己的工作性质与身份，我们就不应该选择这样的着装采访。

第三，隆重正式场合一定选择正式着装。对于记者而言，所谓正式着装无非就是标准套装，前面提到了裙装比裤装正式，套装比非套装正式。若是采访国家领导人，或者随领导人出访，除非非正式场合，着装一定要正式，地方台专访地方领导同样如此。所以，作为记者，休闲西服不可少，西服套装也是必备，视场合而定，缺一不可。

第四，准备大衣与风衣，更方便出镜。冬天在室外穿羽绒服出镜显得十分臃肿，职业感也不强，所以最好配备剪裁较为宽松的大衣。这种大衣的好处和方便在于，大衣本身版型较为挺括，出镜比较好看，另外大衣里面可以穿套装等衣服，方便从室外转入室内采访。风衣也是如此，在起风的季节，风衣既能抵风御寒，本身的挺括造型也非常适合上镜。

第五，选择中性理性的服装色彩。去年凤凰卫视在一档节目中谈到，内地女记者女主播习惯在一些重要时政新闻发生的时候穿着红色职业装，大有全国山河一片红之势。节目谈论的基调我分不清是赞美还是揶揄，总之，作为一个话题和现象，他们谈论了许久。为什么在重要时政新闻采访报道上一定穿着象征喜庆与隆重的红色，这个规矩起源于哪里，是否有硬性规定，我至今不得而知，总之，这个现象一直延续着，并成为中国特色。我想，无论是主播还是出镜记者，不管发生了怎样的新闻，理论上应该跳出事件进行客观报道，而不应该用着装将自己的情感与判断裹挟在新闻事件当中。任何时候，我们的职业都要求我们平常心，做好理性客观的报道。再者，诸如参加领导人记者会，能否被点名提问，并不取决于记者是否穿得鲜艳醒目，而取决于记者所在的机构以及平时与新闻官的有效沟通。

第六，出镜时多运用对比效果。在大的环境中，要想得到人物的突出效果，运用色彩对比是一个不错的方法。深浅，明暗，冷暖，都可以达到对比目的。如果无法在环境上取得对比效果，着装上的局部对比也是最有效的方式，最好让这种对比靠近脸部，会使人物更加突出。例如，如果你穿了一件深色大衣，不妨在脖子上系一条浅色围巾；如果你的面部皮肤偏黑，着装色彩则尽可能浅柔纯粹单一，等等，这样的对比都是非常利于屏幕效果的。

第七，相对于主播在演播室佩戴各种饰品，出镜记者最好少佩戴装饰品，尤其不要佩戴产生摇晃效果的耳饰，因为它会对职业感造成很大的伤害。记者给人的印象，就是行动迅速，干脆利落，羁绊越少越好，那些丁零当啷的装饰品显然与这种职业气质和要求相悖，除了小型戒指项链，其他东西尽量不戴。在采访的那一刻，职业气质就是最美的气质。

第八，某些特殊场合的采访，如战地采访、灾害现场采访，和野外探险等采访，必须适应其特别的着装要求，如迷彩装或户外装备等，自然不在上述之列。1998年，我曾经在湖南长江大堤上采访抗洪救灾，连续数日的紧张采访和风雨交加的环境，使我每天的出镜着装显得极其"狼狈"。但在那个特别的时刻，完成采访任务是第一位的，其他均可在所不计。

针对女主播，我举了两个例子；针对出镜记者，我谈到了八个方面。这里面提到得最多的还是职业感，我认为这是现阶段必须反复强调的一个概念。至今还有人在镜头上穿着不准确，问题首先就出在没有很好地把握自己的职业身份，穿着上过于随便，将生活休闲着装用于职场需要。我尽量强化的是，作为单纯女性的美与职业女性的美，是有不同判断标准的，如果我们希望自己成长为大记者大主播，就应该分清这个标准，在职场上严格要求自己。

接下来，我将自己对镜头上的着装理解归纳成几点，这几点适合主播、记者、新闻官，以及与媒体常打交道的企业高管。

第一，职业装造型一定追求简洁，领型以标准西服领为最佳选择，扣子多少决定领型大小。一粒扣或两粒扣西服显得比较大气干练，尤其适合脸型较宽较胖的人士穿着，内里无论配穿针织丝绸内衣还是衬衫，都妥帖方便。

第二，亚洲人腰身及臀部有自身的特点（臀部偏长不够圆翘），穿短款上衣通常效果不佳，西服最好收腰同时盖住臀部。如果一定要穿短款，请与裙子或较为宽大的长裤搭配，切忌下半身也紧身瘦小，这对体形会构成巨大挑战。遗憾的是，我经常看到有职业女性犯这样的禁忌。当然，腰部细柔，胯腹部无赘肉，臀部造型及大小美观适中，而且腿部修长的人，没有这些禁忌，老天爷厚爱于你。但绝大多数人还是把标准提高些，要求自己严格些，这样镜头上的效果才会舒服。毕竟我们谁都知道，镜头放大弱点，请不要轻易挑战自己的极限。

第三，职业装不要过于贴身，要留有余地，适度宽松是职业装穿着舒适自然的必要条件。有些同行习惯把职业装裁剪得严丝合缝，像穿紧身衣，我曾经向其中的一位问道：穿着这样紧身的衣服坐在被采访者的对面，你觉得自然舒服吗？她回答：不自然不舒服。既然如此，为什么要这样穿呢？有人错误地理解，在镜

头上衣服贴身才漂亮（这里的贴身是指裁剪的不留余地），其实在镜头上，自然才更为漂亮。作为职业女性，职业装就是我们的工作服，而不是需要有额外修饰效果的演出服，我们是不能够穿着不自然不舒服的职业装来工作的。

第四，除非有意在人群中高调凸现自己而选择鲜艳着装，平时工作的着装颜色最好以中性色为主，米色，浅咖啡色，浅中灰色，水蓝色，米黄色，苔绿色，都是非常理想的颜色。正红色和黑色作为喜丧等重要用途，是必备颜色。场合越是庄严重大，越要选择深色套装，所以藏蓝深灰都可以储备在衣橱当中。

第五，多购置白色与浅条纹衬衫，无论是单穿还是与职业装搭配，都有很好的职业效果。衬衫造型简洁即可，男式衬衫领会使女衬衫更显得帅气干练。在镜头上，男式衬衫领只能立在脖子上，不能硬性平摊开，要想衬衫平翻在西服上，只能选择平翻衬衫领。

第六，与西服配穿的内衣切忌紧身贴身，一定要留有余地。有人的西服领型很大，内衣又较为紧身，整个胸部暴露无遗。镜头上胸部过于暴露和丰满，都是不雅的表现，生活中穿职业装的女性在比较正式的场合也同样不要犯类似低级错误。

第七，西装与内衣的色彩搭配，既可以是同色系搭配，也可以是对比色搭配。色彩修养不够专深的人，选择同色系搭配较为保险，而且这种搭配看起来也较为理性柔和。另外，还必须注意自己与环境的色彩对比，各种场合中的主角，如新闻发言人，最好事先掌握环境颜色，以防自己被环境色"吃掉"。

第八，西装面料最好选择轻薄的纯毛面料，和有一定重量感的化纤面料。除非追求仪式效果，面料最好没有光感，发光发亮的面料容易使人臃肿，而且品位很难把握。含蓄美特别适合职业女性。

第九，职业装与其追求造型的变化，不如追求品质的高端。职业装应该成为自己衣橱投资的大头，宁缺毋滥，慢慢积累。如果身材变化较小，好的职业装哪怕穿着时间再长，也不要轻易淘汰。职业装本身的变化余地较小，除了长短和领型，几乎没有变化余地，因而不要轻言淘汰。我们只需不断改变内衣搭配，就可以年年穿出新意。关键一点是，在经济条件允许的范围内，我们要尽量去找好东西。

许多女主播至今仍把出镜装当成"戏装"看待，以为镜头上只能看出大效果，因此选择的出镜装面料低劣、工艺粗糙，像演员临上场换穿演出服装一样，导致许多主播的出镜效果不讲究，不精细，不高级，与身份要求不相吻合。

我想强调的是，生活中肉眼看着不讲究不高级的衣服，镜头上同样不讲究不高级，许多主播的出镜装生活中其实是无法穿着的，因为裁剪、面料及合身度讲究度，都与生活的真实需求有距离。前面提到在大剧院的仪式上，有些同行的穿着缺乏仪式感，多少也同职业装的制作简单粗糙有关。我的观点，如果自己能承受，尽量买品牌套装，虽然一次性投入较大，但穿着是长期的，综合考量下来仍然非常合算；如果深浅颜色，裙装与裤装都有配备，我们就可以从容应对所有的需要，我们的职业身份也因此增光添彩。

　　搜肠刮肚，把自己这些年的女人心得又作了一次不成系统的叙述。写作的过程其实也是自我厘清的过程，很多被自己正在实践的主张，过去并不像现在这般清晰，因而这次写作也是收获颇多的过程。

　　这只是一些个人的主张，也许不乏错误，谬误之处还请读者多加指正，本人万分感谢。

　　感谢小呆，她充满个性与激情的插图给这本小书增添了光彩；感谢红霞，她的执著坚持使我有了这数万字的收获。

　　生活从来都呼唤美好的女性，在美好的层面上，女人永远都须努力；美好没有注解，它可能只是个破折号，需要我们穷其一生，以我们的意愿和实践，为它写上美丽的诠释。

　　愿天下女人都美好无限。

2009.3.31

图书在版编目(CIP)数据

优雅是一种选择——听徐俐讲美丽的故事 / 徐俐著. —桂林：漓江出版社，2009.7

ISBN 978-7-5407-4608-7

Ⅰ.优… Ⅱ.徐… Ⅲ.女性—修养—通俗读物 Ⅳ.B825-49

中国版本图书馆 CIP 数据核字（2009）第096862号

优雅是一种选择——听徐俐讲美丽的故事

作　　者：徐　俐
责任编辑：符红霞　刘萍萍　马　虹
责任校对：徐　明　章勤璐
责任监印：唐慧群

出 版 人：杜　森
出版发行：漓江出版社
社　　址：广西桂林市安新南区356号
邮　　编：541002
发行电话：0773-3896171　　010-85893190
传　　真：0773-3896172　　010-85800274
邮购热线：0773-3896171
电子信箱：ljcbs@163.com
http://www.Lijiang-pub.com
印　　制：北京尚唐印刷包装有限公司
开　　本：965×1270　　1/32
印　　张：5
字　　数：100千字
版　　次：2010年4月第2版
印　　次：2010年4月第1次印刷
书　　号：ISBN 978-7-5407-4608-7
定　　价：30.00元